断点续传

冯永锋 著

知识产权出版社
全国百佳图书出版单位

图书在版编目（CIP）数据

断点续传 / 冯永锋著. — 北京：知识产权出版社，2017.4
ISBN 978-7-5130-4710-4

Ⅰ.①断… Ⅱ.①冯… Ⅲ.①诗集—中国—当代Ⅳ.① I227

中国版本图书馆 CIP 数据核字（2017）第 005612 号

内容提要

光明日报记者、环保行动者发起人冯永锋，时不时会悄悄告诉朋友们说，他可能是个诗人。为了尝试证明这一点，他把 2004 年后写的一些诗，结集发表了出来。他相信诗歌一直在社会上健康地存在着。他也相信一定会有些人，会与有些诗产生共鸣。这些诗没有什么主题，完全是随感而发，但肯定是诗人发自内心的真实的鸣唱。

责任编辑：龙　文	责任校对：谷　洋
装帧设计：品　序	责任出版：刘译文

断点续传
Duandian Xuchuan

冯永锋　著

出版发行：知识产权出版社有限责任公司	网　　址：http://www.ipph.cn
社　　址：北京市海淀区西外太平庄 55 号	邮　　编：100081
责编电话：010-82000860 转 8123	责编邮箱：longwen@cnipr.com
发行电话：010-82000860 转 8101	发行传真：010-82000893/82005070/82000270
印　　刷：北京科信印刷有限公司	经　　销：各大网上书店、新华书店及相关专业书店
开　　本：787mm×1092mm　1/32	印　　张：8.25
版　　次：2017 年 4 月第 1 版	印　　次：2017 年 4 月第 1 次印刷
字　　数：200 千字	定　　价：39.90 元

ISBN 978-7-5130-4710-4

出版权专有　侵权必究

如有印装质量问题，本社负责调换。

无诗难通（自序）

用了很短时间，整理了2004年之后的诗作。按时间顺序，归并一起。既有理由，也没理由。2004年之前，也有不少乱作，但总觉得是另外一个阶段的东西，以后得空，再作整理吧。有时，甚至想把仍旧还是手写本的《西藏断片集》，也誊抄出来，但很怀疑，是不是还能认清当年写的那些蚂蚁般、浊流般的小字。

说是整理，其实也不是整理。顺手的，就点开看看；觉得要改的字句，就顺手改上一改。不顺手的，就连标题一块复制到文件夹里。

好在这些诗都是短诗，一首也不过十几二十行。这十年来，甚至只写自己研发的"十四行"，两行一句，一首七节。为什么是这个样子，我也不知道。这个样子写出来的东西是什么样子，也不知道。

没有诗歌的日子，或者说，没有文学的日子，估计是难以活下去的。人在这个世界上，估计，心灵的抗争力，多半来自于文学。而文学中比较闪电的方式，当然是诗歌。很多时候，我们没有办法坐下来写些长文，于是就抓捕生命中的那些闪电，让它们停留一下，让它们照耀一下，让它们温暖一下，让它们驱动一下。

一直深深地怀疑自己有没有写诗的能力。每一首诗写完，羞涩地放在文件夹里，是看也不想让别人看的。最多的时候，是感觉这些诗缺少灵性和飘逸，缺少飞跃和升华。每一个字，每一个词，都被现实笨重的感觉死死地压在那里。是想写得魔幻一些，是想写得轻灵一些，是想写得有意境一些，是想写得超越一些。但每一次，似乎都落了空，于是只能颓然地作罢。

估计以后还会不停地写下去。或者作为纪念，或者作为妄想，将2004年至2015年前后的这将近200首诗作，归并一起，多少让自己有个更全面的识别机会。也让这些已经存在的活物，有个接受社会评判的可能。

（2015.12.12）

目录

2004-2012 小诗　　　01

2004年的清明　/02
37岁的西藏　/03
放下武器（九首诗）　/08
　油菜花　/08
　火意　/10
　弱面人　/11
　在马尔康遭遇清明　/13
　在广州站想起……　/14
　每一个妈妈　/16
　在老友家，遇雨　/17
　秋晨喜雨　/18
　放下武器　/19
放下新武器（十首诗）　/20
　两棵树　/20
　宁夏纪　/22
　妙音鸟与大力士　/27

高庙下的地宫　／29

　　罗得里格斯　／31

　　又一场大雪　／33

　　夜宿朱庄　／34

　　打花　／36

　　在福建小吃店　／38

　　鹫峰重游　／39

　　随机诗　／41

　　调弦　／42

八宝　／43

百灵鸟　／44

变形记　／45

捕鱼儿湖　／46

布里吉达　／47

柴达木　／48

成府路速写　／49

川藏北线（两首诗）　／50

　　卓克基　／50

　　碉楼　／52

川西风水记（九首诗）　／53

　　成都　／53

　　映秀　／55

古尔沟　/ 56

　　甲居藏寨　/ 57

　　泸定　/ 58

　　新都桥　/ 59

　　磨房沟　/ 61

　　西昌　/ 62

　　攀枝花　/ 63

春雪　/ 65

大风　/ 67

德格　/ 69

德格印经院　/ 70

地下通道　/ 71

冬至，非末日　/ 72

冬至　/ 73

断草　/ 74

儿童节前夕　/ 76

天无五日晴　/ 77

黑卷尾　/ 83

花果同枝　/ 84

皇城根　/ 85

黄河风情线　/ 86

回乡小记　/ 90

昏睡　/ 91

今夜，我们说诗歌　/ 92

荆州古城　/ 93

昆仑山北　/ 94

命数　/ 95

魔墟　/ 97

南宋皇城　/ 99

旁路铅封　/ 100

旁听席　/ 101

雀儿山遇堵　/ 102

若尔盖（外一首）　/ 103

　若尔盖　/ 103

　李白故里　/ 105

烧煅工　/ 106

狮子座　/ 107

书架上的旧火机　/ 108

刷漆人　/ 109

水杉　/ 111

天坑　/ 113

桐花祭　/ 114

挖砖人 /116

维多利亚 /118

香山听雨 /119

小熊猫三周岁 /121

辛亥100年的火车与越来越快 /122

 平行线（序诗） /122

 青龙桥 /124

 正阳门 /125

 长辛店 /126

 保定 /127

 天津洋货市场 /128

 幽州台 /130

 张家口 /131

羊口 /132

野桃花 /133

阴霾天气 /135

新油菜花 /136

友谊宾馆 /137

元上都 /139

远行 /141

阿拉善行修记 /143

昭化寺　/ 143

　　马兰花　/ 145

　　承庆寺　/ 146

　　月亮湖　/ 147

　　广宗寺　/ 148

在广州与友人谈垃圾　/ 149

在京遇雪　/ 150

出京无雪　/ 151

南岭行　/ 152

2013 小诗　/ 153

北海以北（外一首）　/ 154

北海以南　/ 155

贝壳湾　/ 156

风化石　/ 157

红桦林　/ 158

后英房　/ 159

母亲与白笛子　/ 160

母亲与黑笛子　/ 161

母亲与红笛子　/ 162

南湖四岸　/ 163

偶遇　/ 164

仁怀　/ 165

日落黄　/ 167

沙子上的婚礼　/ 168

双重火焰　/ 170

探底　/ 171

体检报告　/ 172

湘江码头　/ 173

夜冰　/ 174

一碰就倒　/ 175

银合欢　/ 176

折返跑　/ 177

致命伤　/ 178

2014 小诗　/ 179

比邻星　/ 180

卜算子　/ 181

残根　/ 182

从武夷到厦门　/ 183

村头纪事 /184

村尾纪事 /185

村中纪事 /186

村庄一级烧火师 /187

放毒血 /188

钢铁侠 /189

古战场 /190

海英草 /191

花草茶 /192

黄河烟雨 /193

畸形鱼 /194

亮马河源头 /195

龙虎山 /196

魔村纪事一 /197

母亲与剩饭 /198

千湖山 /199

武夷山 /200

野草莓 /201

野豆子 /202

野荔枝 /203

夜巡洞庭 /204

英国苦菊　/ 205

英国玫瑰　/ 206

英国甜橙　/ 207

岳麓淋雨　/ 208

坐在北京西站晒太阳　/ 209

2015 小诗　/ 211

白石炮台　/ 212

城市烙铁　/ 213

分水关　/ 214

风雪夜归人　/ 215

黑白疏影　/ 216

虹关古樟　/ 217

坏世界　/ 219

精神病院的鸡蛋花　/ 220

开酒器　/ 222

空行20　/ 224

空行母　/ 225

浪木志　/ 226

落花小径　/ 228

陪小熊猫看星星 /230

漂流木 /232

气冲病灶 /233

青海沙蜥 /234

神农太阳花 /236

时代最强音 /238

天南星 /239

为什么会有这样的夜晚 /241

五月十五日,前门 /242

夏至草 /243

小命雀 /244

续断菊 /246

幽灵机票 /248

镇墓兽 /249

2004-2012 小诗

2004年的清明

一根烟抽上五年,
它的烟雾都成了迷雾。

布谷鸟的声音录制在空中,
你想啊想啊,一棵小树也被天空录制。

用什么能把分裂的石头粘结?
他们分开,他们就破碎。

像干涸一样的破碎啊,
所有的沙子都在推开其他沙子。

你的青春真那么狂暴吗?
在一条发怒的公路边。

你的中年真那么淤积吗?
总有一些人会走出西部通道。

2004年的清明节,
摔在2009年,摔在分配的路上。

2009.04.04 南宁

> 今年我三十七岁，身体健康
>
> ——惠特曼

37岁的西藏
——仿仓央嘉措情诗体

一

北郊拉鲁社区的肮脏，
流入拉萨河就化净了，
这里石头复制着石头，
沙子躲在背风的暗处。

二

在岗巴拉神圣的山口，
风吹起五只棕颈雪雀，
他们突然一齐哼唱起来，
远方来的朋友，骑上了牦牛。

三

羊湖仍旧深藏不露，
爬上那艘能渡过他的方船，

左右这些黑红的脸,
分明就是他的憨笑。

四
犏牛戴着花把土地犁开,
湿润的颜色让人湿润,
它马上就要被晒成干土,
把青稞种子,藏在羽翼之下。

五
柏油路修得如此空阔,
正好用作我的转经路。
橡胶轮子滚得如此急忙,
正好搭载我的转经轮。

六
夜晚,我会离开劳动,
回到大山雀的巢穴边,
我的寺庙自由开放,
每一扇门都让你推开。

七

昨天还在心中流动的热泉，

今天就注入雅鲁藏布江了，

那些棕头鸥在互相追逐，

其实也是一种安静。

八

红嘴山鸦，你每时都亮出身体，

亮出红色的嘴和爪，

然而人们仍旧粗心大意，

他们看不见你的心思。

九

这些山如此多情，

他们榨干每一寸泥土，

就为屯聚唇边的冰雪，

每天都能有所融化。

十

岩鸽紧紧抓住护身的岩石，

累积的经幡好像没有主人，

你看到了，
他就为你祈祷。

十一

有人拼命压缩膨胀的情感，
就像北山薄薄的积雪从不消融，
色拉寺的经幡都飘动了，
你为何还不泛滥。

十二

50年前我在峨眉山学了藏语，
今天在深圳守着我的残年，
这都是布达拉宫的安排，
老拉萨在我眼中时隐时现。

十三

山脉把所有的水都给了你，
他们全是土壤神圣的汁液，
你们能做何种清凉的功德？
就让他洗净你，平伏你的心。

十四

请给所有的生命都浇上水,

请让所有的麻雀都有处筑巢,

我所踏过的土地会成为穷人的林卡,

你随时可以坐下来歌唱。

十五

那些在草石间跳跃的野兔,

他们的前身就是窝前草石;

无论你在哪座山顶把我眺望,

我都是你的影子,母亲。

放下武器（九首诗）

油菜花

劳动在此时隐身到了屋里，
农民们粘在肮脏的图画中。

偶然的开放都如此困惑，
随时会有收割者来掠夺。

一张弓松开又徒劳地绷紧，
4月到了，你从南一直往北缝合。

能看见的都已经看见，
从白垩纪的鱼鸟，到对岸的

牛头伯劳，它在孤独里跳上跳下；
宽阔的臭水沟，映着滴落的樱桃花。

绕它行走的是那些沉重的田地，
人们一次次捞起它

又一次次试图甩落它们，
像我眼前这些鲜黄的权利。

2006.04.10

火意

妈妈们在矮墙边聊天,
她们有悲伤,可压在席底。

孩子们像火堆蹦出来的亮核,
在泥地上弹跳。

他们随时准备着点燃,
烧掉二十年,烧掉三十年

然后变得阴郁,干枯
提不起力气,
像截被抽空的木炭。

是秋天了,杨树揪下叶子,
露出短暂的肌骨。

而我在腐烂的河边,
想念那盛在村庄里的童年。

2006.10.31

弱面人

你要相信那些纸那些黑字
那排成队向你追来的十三道金牌

孩子们缩在路上,湿柴堆在墙角
他们的软眼发出微暗的电

你要相信那些线那些砖瓦,
成片的记忆被夯实,灵活之肝在硬化。

我认识的每一个人都是弱者,
相互依靠的刨花,一同投进炉膛。

你要相信那些领章上闪耀的枪弹,
过去坐坦克的人,今天坐在话筒丛中。

你要热爱脚底的那些杂草,
为了更热爱他们,请将他们压实。

你要相信那些酱紫色嘴角蠕生的蜜语,
中年人如此逻辑,老年人如此命令。

而听话的心是调皮的水滴,
弹跳在每一丛荒芜的头顶。

2007.01.28

在马尔康遭遇清明

啪啪啪,头冒热气的孩子打开雨伞,
被有力的手驱逐进入课堂。

浸透青冈木的大泪浸透了经幡,
如果成都的母亲是岷江,她正被电站截断。

哪只鸟在我心里扔进这苦难的稻种?
它连夜发芽,根须延伸五千里。

家乡啊,高速公路压垮了我的母亲,
前天还在的风水林,昨天被它的子民

嚼碎。我咽下最邪恶的诅咒:
折断他人的手,终将被他人折断;

那贪婪地吞食他人的眼睛,
将被更贪婪的眼睛吞食。

天黑前有人推我拐入你的血管,
又在天未明时,把我拔离。

2007.04.05

在广州站想起……

广场碾压得很平坦,但随时会塌陷,
肮脏的人,背负着肮脏的脸。

他们远离家乡却雪崩着希望,
他们是一粒碳,试着跳过冰凉。

远离家乡的人们涂抹着沉重的墨色,
捧着盒饭,蹲在垃圾桶边。

洞庭湖边的妹妹,是否你也深埋在这坑中?
哪想得到你的总经理,带你去北京;

那怜爱你的人,把你当明星,
用菜刀逼退你,把你关进小黑屋。

我埋在另外一座迷宫里,
像所有的沙子,学会了遗忘。

希望追捧你的人依旧忠实，
他们斜靠在夜总会红色躺椅里，

布满血丝，瞪着强光下的鲜艳。像我
在尖利的雨中，沙哑的榕树下，茫然前望。

2007.04.08

每一个妈妈

一小点养料,一小点泥土,
各种各样的妈妈,喂养易碎的孩子。

电线上的孩子,嘴巴悬在空中,
小小的毛毛虫让他们安静。

左边一只小伯劳,右边一只小燕子;
现在是兄弟,铁丝把他们串连。

妈妈在勤劳,在暗算和争斗,
空中时而是爱怜,时而是诅咒。

每年六月都有许多的妈妈,
把孩子,挂在窝边的电线。

你可以在渗滤液边找到她们,
她们也奔走在茂密的杂草里。

谁是我的雨水,谁是我的风,
请离得近一近,让我辨一辨。

2007.07.15

在老友家,遇雨

我的双手应当给你带来雨水,
他们此时都在窗外漂泊。

在你需要歌曲时,请把我当成歌曲,
我播出的,都是寂寞之物。

十年前我们在一幅画前相识,
十年后,多少人框在你珍贵的画里。

然而还有没有可能走上几步?
你戴着眼镜,谈论尼泊尔;

行走一个月,伤害的是膝盖,
它似乎不再愿意支撑你的翠鸟。

亲爱的朋友啊,薄情者要离你远去,
我们像电子绕在一起,却有强烈的距离。

然而还有没有可能再靠近一步?
在你空旷的地图里,有两只水在相逢。

2007.08.07

秋晨喜雨

柳树沉湎于它应有的福利,
上早班的人被闹钟划开。

他揉着眼睛试图缝合断梦,
半只脚跨出冰凉的家门。

该睡熟的都在轨道上安睡,
所有高空的凝聚,都将流入地底的暗沟。

而你脑中有乱长的杂草,
远离一切饮食和饥寒。

每粒细胞都在氧化中新生,
欣喜与厌倦共同向下遗传。

因此不要被突降的光亮所吓倒,
时间是根铁丝,扭上几扭又有何妨。

更不要贪恋那些文字的尖叫,
把它们抛入空中,看虚无如何翻腾。

2007.10.01

放下武器

拧动玻璃杯的手,
几枚颤动的花芯,
你爱过的每一寸山河啊,
沙子在铁板上划动。

拉弯了硬弓的手,
一根根漂木在空中叉开,
你爱过的每一粒飞鸟啊,
泥潭里滴落青蛙的残鸣。

关上发动机的手,
键盘敲起的电子在飞翔,
你爱过的每一闪敌意啊,
死寂的黑衣把地铁站撑实。

摘下苹果的手,
把花朵推回他的树根,
你爱过的每一秒清泪啊,
干旱的土地上长起浓烟。

2007.11.02

放下新武器(十首诗)

两棵树

通过表皮能看到内在?
请逼迫我充满怀疑的双眼。

一只美国鹨用金属的清脆鸣唱,
它求偶的羽毛闪着灰暗的黑。

印楝靠毒液获得神奇的长寿,
当蝗虫降落,它庇护青草的生育。

像一只面包虫留在蛛网扑面的原野,
如果大山雀是昆虫的天敌,那它的天敌也在近处,

所以你可能是你厌恶者的伴侣,
像面等高的镜子将他们映照。

如此健壮又如此阴柔,
如此明媚又如此尖利,

你也是你亲人的仇敌,
根须相互缠绕,枝叶冷冷隔离。

所以,礼貌啊,我要摧毁你,
此刻却随蕃茄汁坐在身旁,将我细嚼慢咽。

2006.05.25 美国伯克利

宁夏纪

1.沙坡头

满地的原子是肢解后的智慧,
阳光勤劳,金沙缓缓向北。

是落差驱使它们前进,
但又羞于前行,游入水的深渊。

它助成你又淹没你,
它生育你的能量,又将其抽回。

当然也是它让你变化多端,
并且告诉你,不要将它寻找。

2.西夏王陵

任何时候它都痴迷于残缺的表述,
能完整倾听的人却只有偶尔。

妙音鸟,用它小小的翅膀支撑人的脸面,
一段水泥糊成的僵硬,插上飞的羽毛。

请热爱它这大胆的捏合,
就如爱它把帝王捏进泥土。

同时把感伤捏进你的左臂,
过去无主的伤痛,今天仍旧无主。

如果风现出原形,
那么它的脚就是条帚。

3.镇北堡

你像所有警觉的蟾蜍,一只嘴巴对外,
一只眼睛扫射着天空。

乌云随时会压瘪乌龟城的身体,
将军、农奴、人贩子和师爷,

他们夜夜惊惧,通宵冶炼长寿,
却不知将这衰朽砌于哪堵城墙。

如今这里只剩下文学的化石,
粗重的炭笔将它钉入茅草房中。

然后光线进来,将幻觉刻录,
骄傲滋生,如新出炉的火焰。

多想撩开这封闭,
砍断这迷雾之后的尖刀。

4.贺兰山

人们在你身体上挖洞,取走黑的肉,
人们烧这肉,赶出里面的魔鬼。

更聪明的人引诱牛羊去啃石头,
夜晚收回,吸它们的血。

还有一些人用干旱围困河流,
用笑容遮盖阴险。

在河边修炼文明的土地,
白天是高炉,晚上是海绵。

挣钱的时候你是车间,

休息的时候,你是最好的枕头。

5.沙湖

漆黑的路刀将你割裂,繁荣之伤由外向内。

升到空中,才能看到你的完整。

芦苇、淤泥、热烈的沙子,

五月插下的秧苗,七月就要上岸。

它忙于分蘖你的多变和忍耐,

裙角轻轻摆动,抹平人的印迹。

覆盖上半空的那些鸟是你的护卫,

它们安定,你就安定。

而当它们被某种恐惧拖垮,

那统治你的,将是附近傲慢的村庄。

6.青铜峡

这里的人用假嗓子说话,像我家乡,

造纸厂排出污水和臭气,熏黑他们的心。

我有幸成为一个执法者,
披上几件正义的外衣。

脑中却想着邪恶之事,
当夜深人静,独居在客店。

巡逻街上的每一片街瓦,
处罚那些胆大的牵牛花。

它们借风力抖去脊柱上的灰,
昂着头,不把园艺师放在眼里。

而高庙上盘旋的那些普通楼燕,
一旦跌落在孔子面前,恐怕很难起飞。

2006.06.22　宁夏高庙

妙音鸟与大力士

有权人急忙去参观王陵,
司机们摔开西瓜,扎金花,打麻将。

卖工艺品的小店主,
他们的喊声少有顾客相信。

知识都收缩在书本里,
要想撬动西夏,你得和它同龄。

风景面前人们昏昏欲睡,
冗长的历史,沉闷的对抗赛。

三根棍搭成的世界多么缺乏戏剧,
我天天寻找,得到的只是餐厅和床。

面肉白的男人,在公众面前虚伪,
到了红灯区,他们推却不进。

雇车到烧烤店喝酒，
把脸喝红，把麻木的心喝得转弯。

然后，返回独自居住的房间，
做"足疗"，或偷偷溜出门去。

2006.06.24　宁夏银川

高庙下的地宫

发热的身体顺着城下小小的门洞往里塞,
甘心被打入冷宫。

如果你心不诚,
送多少礼物给她们也没用。

死亡比耻辱更可怕,在弥勒佛前这么想,
登上大成殿也这么想。

到了三层,道教的元始天尊面前,
跪拜者甚至起了些偷懒的念头。

能吓住野心的只有地狱里的十八般武器,
剜去眼睛,扯走筋骨,放在油锅里煎煮。

五教合一,却似乎没有刑罚让活人闭嘴,
可让人闭上嘴,却又无比的简单。

我们眼前的中卫城是一座新庙,
当它欲望膨胀,它就扩张。

在黄河与贺兰山之间,在得道与受难之间,
永不安分的肠胃,既选择侵略,又选择保养。

2006.06.26　宁夏中卫市

罗得里格斯

一把剑离开了座位,
一根光缩回了光鞘。

老人死了,可他的字斜靠在孙子的阁楼上,
被吹皱的上海,因此夜夜难入眠。

年轻人兴奋了啊,个个都像产妇,
踩着青草的头颅,生下石头般的心。

让我再多看你几眼吧,
我爱的人,你正在变成另一个物种。

像这轻烟要从屋顶上飘散,
我告别人类,以便来到人类中间。

就像我们吃掉一批米饭,
换来另一批小麦的生存。

就像我们穿上足够多的衣服，

为了让制衣人活得更温暖。

就像你在脸上布下毒药，

每个看你一眼的人，都成为投毒者。

2008.01.04　北京西管头

又一场大雪

穿过方形的窗户落到,
气球型院子里壮实的柳树。

300路汽车,农民工的被子上,
坐着农民工的子女。

人们出门难道是为了冲撞?
在白雪面前,有没有可能柔和一些?

为了看清你,
我宁愿面前是团迷雾。

为了看不清你,
我宁愿面前有一堵厚墙。

可我仍旧爱隔离带上这些孤单的蔷薇,
就像每一粒雪花爱这无边无际的贫穷。

可我仍旧向往你头顶直冒的热气,
像向往你心中的阴冷永不消融。

2008.01.10　北京西管头

夜宿朱庄

冰冷的井水冻得真够劲,
它们从黑夜里来,又返回夜里。

请坐稳当些,听我讲黑暗的故事,
马尾松被偷去撑巷道,栗树被偷去种木耳。

好人和坏人,都被偷去了安宁,
玉兰花下,垃圾冒着热气。

迟早有人会吸干你的身体,
在你百般活跃的时候。

迟早有人会把你抛到密林深处,
用肥厚的树叶,带动罪恶发酵。

人们翻寻大地,筛查金矿,
所有的山都涂上金粉;所有的河,

都扭着金灿灿的细腰。
是的，你就是那偷盗的化身，

是你的枝条，搅乱了这里的风水，
是你的铲子，割走了桃花的秋收。

2008.03.07　河南桐柏县

打花

穿着蓝装的男人,
撑起两架梯子。

可高度仍旧不够,于是
他又借来了三根撑木的力。

这似乎危险的活却充满美好,
他身体每个方向都鼓着3月的激情。

生锈的清除剪这下有了用处,
开得好的留下,开得不好的;

就从蒂部抹除;健康的保留,
有病的、冻坏的,通通掖进土里。

看我俯身到草地上捡拾,好心的
男人,故意掉下一朵盛大的礼物。

显然这园艺工作相当寂寞,
他用这个办法,接通匆匆的行人。

干活有标准,可尺度相当宽松,
朴素的工人摆弄着花朵的去留。

他甚至怀疑,这棵在南方挨过冰冻的
行道树,是否值得如此费心的对待;

毕竟才栽下七八天,会不会
活过今年,还是个未知数。

2008.03.20 北京四惠东

在福建小吃店

陈美凤装钱的袋子深不可测,
手在里面是一只飞行的猫爪。

有人的母亲在生病,
她咳嗽时,客人的盘子颤抖。

狭长的过道上,家乡,
就是锅边糊、卤蛋和拌面。

搅动这罐细嫩的辣椒酱,
它用石磨磨出,却被兑入清水。

我们口音相同却从不相认,
都在异地,进出同一扇门。

能走能跑能跳能钻入地沟里,
谁给我钱,我就侍候谁。

你是窗外的线条,我是窗内的墨点,
我们,就隔离在这半米的隐瞒中。

2008.03.31 北京马连道

鹫峰重游

15年前这座山上看不到雨燕，
它们划分高空却若有若无。

如今我看到剪影也看到石板路斩成三截，
村庄爬到半山腰，树都变成了桃和杏。

只是被虐待的庙宇依旧在那里败坏，
几十个空桶，吸干好客的金山泉。

谁都可以到你身上掏取，
又像溜索般滑回。

谁都可以割划你的躯体，
直到每一根毛发都失去依靠。

谁都可以快速地进入你，
在山庄中占卜前程。

而你不费力气就把绳子捆紧,
榨干漫长的时间,好像从未流动。

而你不费力气就把绳子勒紧,
张开口袋,装进所有的动荡。

2008.04.13 北京阳台山

随机诗

妈妈在做饭,案板不停地切,
十个灶台煮掉她的一生。

女儿在哭,在长个子,
每分钟都在吞咽别人的照顾。

窗下两点燕子忙着垃圾分类,
晚上推着小车,卖给大贩子。

靠话语运输生命的人啊,你的喉咙已经唱哑,
旁边的奶奶在舞剑,想戒掉高血压。

请告诉我,今天是否第一次品尝劳动,
多少人的春天,快过了头脑。

请告诉我,今天是否第一次,
像被风刮过一样着凉。

这凉意消失得如此的突然,
以至于你得用双手紧紧握牢。

2008.04.14 北京西管头

调弦

对面的青山尚且不知名字,
你却坐在泥里,厌倦了爬起。

曾经如熔岩流动的热体,
触碰一次需要等候四年。

紧随雨水流落于沟渠的轻叹,
每一声鸣叫都震自圆心。

是否可以随我一同升起,
冰凉的大地,是生长的大地。

是否可以随我一起调整这根细弦,
该松开的松开,得拧紧的拧紧。

顺便关闭你多疑的张望,
擦净霉烂之躯。发芽的苦菜,

把你的感动连通给每个陌生人,
像是光线连通每一片云彩。

2008.04.23 杭州

八宝

浓雾凝结为零散的雨,
人们在陡坡上锄草,以便过冬。

山上是冬天山下也一样是,
像法律同时来到,无须区别。

潮湿的叶子都有干燥之时,
吸收它们的是火,也会是土。

你可以捻碎这突发的一切,
翻开石头,蟋蟀在冬眠。

进山路十年前就打通了,
运来集体的小赌,水声日夜不休。

来得再久也只是匆匆过客,
白鹇携带家眷,匆匆下山觅食。

就像悬壁上暗红的花草,
如此亲昵,又如此疏离。

2012.12.18

百灵鸟

青草都衰成了枯草
熟牛肉熬成生牛肉

牧民随身携带着苦难
这碱化的湖盆,云雀悬停

三十一年的大风把快乐钉入地底
任满身的雨露升空而去

爱意都干涸了,村庄边
地窨子存不住女人

退化的野葱从我脚跟
一直摇晃到你面前

活命就这样煮成了苦命
涨潮的牛羊,睡在冰草边

咸水就这样熬成了甜水
井边的造纸厂,搬向正蓝旗

2009.07.13 乌珠穆沁

变形记

在这里没有人叫卖悲苦
过去的空地今天又揉成空地

有房子的地方盖上更高的房子
建房子的人分明是那拆房子的人

相聚的时刻分明就是离别的时刻
今天在这里站立，明天就要倒塌

请给这变形的身体暂时的触摸
为此我们扭曲了四十八年

从红土地追逐到黑土地
这棕色的土地坚硬无比

坚硬意味着希望，柔软者都将被牺牲
从路边就看到这拼装的低矮

在这里没有人叫卖贫困
今天的工棚比昨天更加临时

2010.10.26

捕鱼儿湖

张军的儿子嘴唇红得像涂了颜料，
张军老婆钱多得像政策数不清。

他们在湖边盖起喧闹的房子，
这些外表安静的人不肯安静。

人们从远方赶来助兴，
开着喇叭，举着白酒。

他们想一口吃掉眼前的富豪，
拼命地抽取不属于他们的圣水。

沉睡者仍旧在那沉睡，
他醒来像尚未醒来。

奔跑者抽走沙地之水水内之鱼，
奔跑者铲开有花的草原种下莜麦。

张军的儿子嘴唇越来越红，
他们全家直接饮用大地的鲜血。

2009.07.15

布里吉达

你的到来直接捅开了黑暗,
更厚的黑气块围拢在压制中。

我们就这样相连吗,隔着一堵墙,
隔着三重大山;湖泊缓慢地迁徙。

老虎睁大双眼,却什么也没看见,
得有人抬开那根巨大的睫毛。

得有人用它来撬动深陷的轮子,
得有人,用它在轮子边歌唱。

云雀就在草地上悬空歌唱,
唱给他的母亲和他的情人。

草尖也在露水起舞前歌唱,
摇晃着腰肢,想些树木才能想的事。

你捅开了房门却捅不开我的身体,
请你走吧,所有的美好都送还。

2011.09.09

柴达木

那些在荒野中生长的盐
本身就是荒野

矮小的人们蹲在灰土墙下
像几只取暖的荒漠猫

有人在抽干他们的血
有人把肮脏的水泼到他们身上

这是人类最深的凹陷
所有的美好和丑陋都会结晶

有人在路边种起了枸杞
有人把野生罗布麻连根拔光

就像是村庄掀开了土地
就像是砖块铲除了泥土

就像是外人压垮了本地人
所有的空虚都在最低处汇集

2010.09.29　格尔木

成府路速写

新进城的妹妹嫩得像棵青草，
冷在路边卖玉米冒着热气。

买玉米的姐姐急着去卖光盘，
她手握凤凰，吝啬地不肯放飞。

路灯上的喜鹊，跳向另外一只街灯，
杨树都被踩倒了，它们到楼顶暂住；

飘在空中的出租房，长得多像人脸，
它们的心却是坚硬的电线杆。

每一根电线杆都在朝前冲，
疯狂地奔跑的人，使劲吹气。

翻滚的气球啊，请你暂时停留，
让卖玉米的客人，通通都住到泥里。

他们在这里发芽，就在这里成亲；
她们在这里生子，就把这里打扮。

2008.12.07

川藏北线（两首诗）

卓克基

我的村子就在河边，
你是外人，只能看到外面。

水边的向阳花开了，
采花椒的人还没动手。

河坝地里种着核桃，
山上长着永远不能砍的树。

这座五层的房子前面是监狱，
一楼是茶房和大伙房。

二楼用来宣传革命，
三楼安放卧室和火塘。

透过四楼窗户你能看见佛堂，
彩色花格窗户外，红尾水鸲在歌唱。

你看见我的房子像看见一棵树，
所有的秘密都流动在树皮里。

2009.08.15

碉楼

我成天站立却若有若无,
看见我的人什么也没看见。

村庄正在老去,
只有旁边的草坡不老。

盖起我的人正在老去,
只有脚下的河水不老。

喜爱我的人也在老去,
只有脚边的紫菀花不老。

我守卫着一切又让一切守卫,
我紧握大地又让大地紧握。

有人架起云梯想要修复我,
它们在我身边堆起几千枚石头;

那垒高我的人如今都在远处,
我站在这里,涌动破败的念头。

2009.08.16

川西风水记（九首诗）

成都

打麻将的人整整打十个通宵，
学生们十一点放学，骑着睡意。

长辈的心存放在枯井里，
他们的爱，晾晒在门前树杈上。

一早起床的父亲打猎去了，
手持谎言，在街上瞄啊瞄啊。

后代们回家吃饭，争抢时间碎片，
美人在卖翡翠，美人在卖聪明。

晚上偷木材的人，口水流到彩票上，
割走子女的休息，塞进书包里。

他们的房子都是怪兽，
吃啊吃啊，把人吃成了石头。

搞阴谋的人迟迟不肯入睡，
放出一队队凶恶，穿着旧鞋子。

他们走在街上像盖着章的好人，
两眼喷着激素，心在狂奔。

2008.10.18

映秀

我修起一座轻轻的房子,
绕它全身种下小小的桂花树。

高高的菜地铺上石子,
让所有客人都在空旷之地停留。

只是对面那座高悬的山啊,
它迟迟不肯入睡,双脚浸入水中。

比山更高的那些月亮,
每天淡淡地翻晒它的忧伤。

散落在那些破碎的身体上,
把玻璃烤得更加透明。

像一枚泡菜被渍得太久,
我挣扎着走开,借些欢笑度日。

可绕你而行的那条呼喊河,
每个夜晚都哗哗地流,流向地底。

2008.10.19

古尔沟

僵冻者的脸慢慢地化开,
一朵花皈依了原野。

平原都被挤到成都去了,
两岸的夹板挺直了腰身。

抖落下那些易松动的,
被冲走的也是它们。

每一座房梁都在崩塌,
因此你只能紧握自己。

每一瓣柔软都会结冰,
因此你要与它们冻在一起。

显然,被夹紧的温泉是村庄依靠,
他们盖起坚硬的房子,将它围护。

来到这里的人们却在盼望融解,
在吃早饭之前,在吃晚饭之后。

2008.10.20

甲居藏寨

用什么枝条能把我们连在一起?
一棵又一棵的梨树,还是双江口打结的流水?

用什么破碎能让我们分离?
用这燃烧的落叶?用这滑落的秋天?

用什么解开这浓浓的敌意?
用这单薄的酒?用这廉价的赞辞?

用什么让这镇子松动?
用穿行的付钱客?用油锅里滚动的土豆?

离开平原,盼望丰收,焦急地守在村口,
盼望丰收的人砍断回家的路。

盼望丰收的人在空中流浪,
盼望丰收的人,夜夜前往赌场。

让我们连在一起的正是这些碰撞,
让我们连在一起的正是这些隔阂。

2008.10.21

泸定

你走过的路都将被淹没在水底,
像身旁的这些树,被权力征用。

你制造的英雄都高不过这大坝,
树立他们的人在矮化他们。

所担忧的事都将成为旧事,
许诺的人啊,你的空话夹有多少泥沙。

时间,我这次认清了你,
你让一些人合上,另一些人打开。

可是我看不出你的偏爱,
有些人不该坠落,有些人不该滞留。

有些人需要坐到大车上,
坐到同胞边,听一听祖国的呼喊。

有一些人则需要关在小屋里,
在沉思中调养他的冲动。

2008.10.22

新都桥

我看到的山都忠于它的树,
我看到的树都忠于它的山。

坐在树下收费的当地小伙,
却越来越像一群流氓。

我看到的水忠于它的河,
我看到的河忠于它的水。

清晨往河里倒垃圾的妇女,
显然也忠于她们的家。

我看到的路都忠于车的轮子,
我看到的车轮也忠于它的路。

那些穿过尘土去修水坝的工人,
正把一排排路推往深水中。

我看到的主人都忠于他的房子，
我看到的房子都忠于它的火炉。

那些到异乡作客的青草，
榨干了身体，根须悬在空中。

2008.10.23

磨房沟

肮脏的大地,激流滚滚,
我的小房子边,挺着棵红桦树。

到我家住下的人们,
为什么你要把床分出等级。

到我家吃饭的人们,
为什么你要分清食物的荤素。

在我家住一夜就走的人们,
为何有的起早,有的贪睡。

留下来的,全都是些谋生者,
在这里,你想卖什么就掏出来卖。

留在这里的人,个个心灵冷漠,
他们想买什么,就搞到什么。

肮脏的河流,玉米种在岸边,
所有排泄都交给你,任你揉搓。

2008.10.24

西昌

你需要钱我把土里的黄金都给你,
但请你留下那些幼小的树。

你需要人我把整个城市都给你,
但请你留下水边的那堆乱石。

你想要高人一头,我就搭张台子给你,
你可以整天整天地演你的独角戏。

当然你得把听众的爱好留给我,
妈妈在打毛衣,姐姐在纳鞋底。

你要享受我就把大地的汁液给你,
生命发酵之后,吸尽它们的香气。

可你得把清醒的权利留给我,
我开垦一片地,种下红薯和蒲公英。

所有想要的你都可以拿走,
在弄脏之后,请把它们送回。

2008.10.25

攀枝花

下雨的时候我需要些土,
"地开花"之后我种下一批树。

树倒下时找钢锯来拉动,
木片塞到炉膛里,煮熟挂面。

火在村庄燃烧时,我引来一条河,
河流带走泥沙,淤积前行之路。

走在路上的人们,去赚取铜和铁,
铜铁硬了又化开,青草聚成大树。

树开花的时候,啄木鸟释放歌唱,
河流停顿下来,旋转出一条鱼。

鱼在地里游啊游啊,爱上了闪电;
闪电击开僵化的头颅,留下灰烬。

灰烬是土地的亲戚，抱成一团，
土与水结婚，生出贪婪的天空。

天空下五个行人结出一万种晶体，
每一条山川都让你难以承受。

2008.10.26

春雪
——为儿子小熊猫作的第一首诗

你送来了出门玩乐的理由,
这破旧的公园看起来像是荒野。

飞行在这神奇的国度,你的一切
都可能变形;除非灾异发生。

小脚轰隆隆推开昨夜的积寒,
你在欢笑中盼望,它们越厚越好;

而对我来说,厚薄差别不大,
白色与黑色也没啥差别。

爬行在这诡计多端的国度,
多少名卫士都无法让人安心。

健康是无意义的,如果随意
叫喊的权利,会随时被叫停;

就像这碘化银烟条催出的天气,
它缓解了焦虑,却让世界干旱丛生。

2011.02.14

大风

卖早餐的热干面大嫂撤摊了,
黑脸庞的烙饼大叔还在烙饼。

大风吹矮所有的山冈,
就是不吹矮我家的院墙。

大风吹起所有的石头,
就是不吹起我头顶的尘土。

在这世上积压了千年,
想要娶我,就要把我搬起。

砍树的人结队上山砍树,
树倒地之处,就是青草活命之处。

大风吹软所有的河水,
就是吹不软那些蛮横的心。

残暴在这世界上滞留了千年,
要让我流走,就打开他的铁闸。

李伯伯坐在石凳上推算命运,
他身边蹲满迷茫的蛛网。

大风吹破所有愤怒的迷雾,
就是不吹破隐忍的神经。

2010.04.05 湖北红安

德格

木片和石头聚集在一起取暖,
草尖上长起本分的牛羊。

英雄只留下脚印和拴马石,
铁杉雕出的经书面目模糊。

人们把生活在山缝里夹紧,
河流尾随而至,带走共生的污浊。

脚底的尘土是最圣洁的尘土,
雪山居住着千年不化的秃鹫。

有村子的地方就有寺庙,
有寺庙的地方就有神灵。

有神灵的地方就有疼痛的膝盖,
围绕着白塔,像转经桶一样轮回。

请放下你对我满怀的敌意,
我要找回你,找回你心中的慈悲。

2011.03.20

德格印经院

你想要显现时,世界便会柔软,
你想要成为顽石就是顽石。

一块块雕版垒出尘世的精血,
人们触摸你,额头上沾满谦卑。

绕巴宫转动的人们啊,
阳光晒宽了你我之间的石板路。

你饮酒时我也饮酒,
你相爱时我也相爱。

你前世是青草后世是牛羊,
我是你身边奔走的流水。

你前世在拉萨今世在昌都,
我所到之处便是你的家乡。

闭关处传来念诵的声音,
我们磕起长头,世界不再有害。

2011.03.22

地下通道

房子拆空后国槐也死了,
黑色破塑料袋在风中颤抖。

出租司机聚在一辆车里扯金花,
两个人锁起车门补觉。

喝酒的人不时探望他的麻将,
每一天的输赢都是成百上千。

更多的人在灼热的地上行走,
谁也无法放下这浑身的肌肉。

卖煎饼的大嫂舍不得离开生意,
她憋啊憋啊,憋了足足一整天。

我们热烈地过着这腐朽的生活,
每花一笔钱都耗尽我们的体力。

漫天的酒肉吞食着贪婪的身体,
颤抖的是那土地,还有金碧辉煌的庙宇。

2011.04.02

冬至，非末日

寒冷被如此捻碎，分发众人，
说你是承受者，你就是。

我们把恐怖传递给孩子，
教会他们害怕陌生的人；

也教会他们害怕陌生的事，
害怕那些明朗但不熟悉的地方。

或许这是黑暗最想要的结果，
大厦之间，人们生活得如此邪恶。

倒是让我怀念起那魔幻的小乡村，
树木被砍走，田地却在荒芜。

亲友们一年到头都在耕种，
他们种下的，未必能得到收成。

但只要他们闲置下来，
他们的身体就会腐朽。

2012.12.21

冬至

我们在哪里行走又在哪里停留
洞穴狭长阴暗,却又温暖无比
拐弯处全是直角的锋利

我们在哪里起飞又在哪里悬空
树枝摇动大风,像那些狂喜的人们
尘土沾满了所有的来往

我们在哪里发酵又在哪里灭活
陶罐里坐着去年的酒糟
今春的稻麦,收成遥遥无期

我们在哪里融化又在哪里凝聚
抽烟的人在化妆,穿黑衣的人眉头紧锁
街上遍布的美貌,无人拣拾

2010.12.22

断草
——为汪扎而作

大山般的男人已经坍塌,
被胃病折磨,缠着不知名的头痛。

经幡般的女儿还在飘拂,
小孙孙在欢笑,母亲顺河水远行。

残缺的回忆在石头上生长,
今春的小草已折断,明年花落谁家。

香格里拉,整整七个光年,
我们坐在草甸边,坐在云雾上。

前面是一株冷杉,以及几丛红桦;
狼毒花由黄变红,牦牛散落在山顶。

千湖山的高山杜鹃边开放边凋零,
藏历新年将至,祭礼者备好牺牲。

升起男人的仪式:围绕着圣湖边的黑岩,
一圈圈转动,歌唱着,痛饮青稞酒。

2012.12.22

儿童节前夕

拆走的房子留下断砖和渣土,
裸露出坚硬的绿色地板砖。

近处的老李停好他的桑塔纳,
远处的小王扔过来一个饮料瓶。

走过的人踩着它去角落撒尿,
夹缝里的斑种草,蓝花点点。

孩子们被父亲牢牢地锁住,
他蹲下来,砖块在他手底下瓦解。

蚂蚁爬上他的手背和手心。
他埋下青涩的毛桃,盼望来年萌生。

每个孩子都有双善于拆解的手,
他们划开所有能划开的大地。
挖掘机比所有人都来得沉着,
它们慢吞吞地工作,总是在半夜。

2011.05.31

天无五日晴

一、新农村示范户

我的母亲,你住在沟里,
架上的绿葡萄正转向深红。

那些车像破碎的云彩从半山腰流过,
它们喘着气,浑身蒙灰。

能停留下来的是些安静主义者,
它们的心冒着凉泉。

你用砖瓦围起搅不动的气场,
猪圈边是鸡舍,鸡舍旁是厨房。

卧室在进门的左边,
泥地上的水塘边,狗弯成月亮。

可是有几朵向日葵在垃圾窝边微笑,
她们吸附了光线,却低头搓着双手。

二、小水电代燃料

夜晚适合读《资治通鉴》,当秦二世
以"税民深者为明吏,杀人众者为忠臣",
我合上眼,书脊落地。

那揭竿而起的陈胜也"以苛察为忠",
他们是些过早称王的男人,死于亲友的叛变。

而我白天站在悬崖之下,观看
发电的余水喷涌,人们把它从前河引出,
又让它报废,复归于后河。

蓄积的愤怒因此从高空中跌落,
你可看到酒桌上,主陪用茅台殴打你?
副陪夹起鲍鱼,割断你的神经?

而这些无辜的水头,钻出山洞,
展翅跃向一百米的虚空,
直到偶然经过的考生,将此视为奇景。

真正有用的是那些循规者,
因为机遇,它们如即将粉碎的石头,
撞向水轮机,从政策上,点亮贫困者的家产。

三、暗访电厂脱硫

燃烧之后,煤的营养化为七十二妖魔,
砍杀着大地的神经。

黑色的灰,黄绿色的烟,透明的毒素,
害人却不为人所知,
氟染黄牙齿,镉让你得"痛痛病"。

四十岁你就可以死了,
剩下的寿命,统统储存到地底下。

这时候你要向采掘者追讨补偿,
他们卷走财富,把灾难扫给大街。

你同样要和零散的无知者们斗争,
他们是另一批排污大户。

而你也不要站在地毯上崇高,
当你和美人吞下整桌的饭菜,
剔着牙,退回五星级的奢侈。

四、湿地保护

我的妹妹,你是爱劳动的渣土,
你背猪菜的篓子,比寺庙还高。

当她们拄着杖子休息体力,
白菜告诉村庄妥协的道理。

草海边的村庄,让我爱得犹豫,
水葱与海菜花,灰卷尾和黑颈鹤,
谁落到我们头顶,我们就爱谁,
谁打乱我们,我们就和它相对。

一万种出路供我们选择,我的表哥,
用最坏的方式咬住拖拉机的血管,

为公家增添了收入,
却关闭了当坏蛋的可能,

我们因此怨恨他膝下的龙凤,
为了礼仪他们离开饭桌。

此前小兄妹在客人中间飞舞,一小碗食物,
一条刚刚捕上的鱼,足以喂养童年的高兴。

从高兴到高兴,从五岁到三十五,
晒干一个人的智慧,至少得三十年。

五、污水处理

这城市漂亮得有些妖气,
有人夸穷,有人露富。

富人把肮脏赶给穷人,
穷人把肮脏摆到大街上。

我的哥哥啊,贫穷偶尔让亲人们争吵,
而富贵者的贪欲,让他们失去理智。

当年我们靠咸菜度日,
脆弱的心里,掺有伟大的怜悯。

如今的你,像片污水在地沟里横流,
满怀心事,阴险得像个谋臣。

这样才显出你的重要啊,
我们面前的你,骄色遍野。

你的身体忍受着你的肥腻,
你的爱人,忍受你被贿赂烟熏臭的嘴巴。

在那树着纪念碑的世纪广场中间,
有一条河在腐烂,即使在冬天。

2006.07.15

黑卷尾

新修好的砖瓦房当年就报废了,
雨水长出难认的青苔。

小蜻蜓划开这水面的矜持,
像江水滋润青草的村庄。

平原供养着所有的欣喜,
活着的在受刑,死去的在忍耐。

寂寞者啊,请留一点时间用来相爱,
用来看看炫耀者的特技飞翔。

从最高的树梢跃起,笔直掉落,
靠地面越近,雌鸟越加喜欢。

繁忙者啊,请留一点声音打开歌喉吧,
为了求爱,每天动听地鸣唱。
像身边这些青翠的叶子,
迎接每一条若虫的啃食。

2010.07.02 湖北黄冈

花果同枝

这是南方的南方,播放着冷,
天水淹没雨林又托起海面。

演讲冗长烦闷却也趣味横生,
脸蛋漂亮的蛇有着杀人的唾液

是涨潮让所有的人去死,
退潮的人,每天啃食脚边的大地。

黑枕黄鹂藏在树枝内悄无声息,
芒果树想剪断它的根系,起身远行。

这城市分明就是乡村,
而我们的乡村,肮脏而喧闹。

遇见每个路口都随机转向,毫无设计,
河流就这样发育,河水就这样奔腾。
但愿丑恶都转化为生长的营养,
但愿鲜花都在毒气中绽放。

2012.03.21 新加坡

皇城根

一场告别接力着另一场告别，
福建回归福建，广东回归广东。

此时只有安静的咀嚼声，
米饭连接着米饭，南瓜连接着南瓜。

给我们爱的时间并不长久，
公路边的小树林，漆黑依旧。

这一双手曾经用来拥抱，如今
已习惯于推开，用力地推开。

这甜蜜的目光用来用于吸引，如今，
不再扬起也不再垂下，波澜不惊。

石头粉碎之后会再生为石头，
坚硬者柔软之后会重新坚硬。
这一次的相聚是为了告别，
下一次，广东的在广东，福建的在福建。

2013.01.28

黄河风情线

一、羊皮筏子

老爷爷,她说,是黄河的一部分,
五十年前贫穷的羊皮筏子能挣钱。

四个月,下包头,再返青海,
三十分钟,我们逆流而下再顺水飘。

可惜了这条河了,胡大哥叹息,
上个月我烂了腿,丢失了劳力。

在所有的羊皮中我是牛皮,
我父亲的手艺是全兰州的手艺,

在劳动者面前没有什么困难,
束紧河流的身子,脾气依旧火爆。

从七岁起我们就是河的儿女,
父亲的双眼,从没有离开过这河边。

过去的商人就是今天的游客,
他们是些飘荡的血肉,随灭随生。

而我脚下的汤水啊,即使你全身发臭,
饮用者们,也仍旧啧啧叹惊。

二、三台阁

少年啊,你的身体如皋兰山,
有人取走你的土,有人种上树。

少年啊,你的歌声如这红柳,
根深扎于沙地,露出害羞的头。

妈妈赤足上山砍柴,
妈妈赤足走进青稞地。

三岁的女儿赤足走入起伏的森林,
她的眼睛随经幡一起转动。

我醉心于把马粪堆成小山,
把它们和牛羊粪混在一起。

里面拌上栎树叶和云杉枝,
它们都是大地美好的饲料。

到了秋天,你看到所有的果子,
就像眼底这片小平头组成的城市。

它们骄傲、明亮、坚实,略微麻木,
它们的头顶上,黑气笼罩。

它们嘴里吐出的脏物,
它们的鼻子又吸回。

三、城隍庙里的秦腔

不知道你的历史,
我不敢说得太远。

四年前,物理系教授带我逛旧货摊,
三层的秦音茶楼,引诱我的神经。

像是一小段文字零星散落在躺椅，
舒适的人尽量舒适，辛苦的人辛苦。

那唱短章的人，空着脸上台，
他的牛仔裤，配着白衬衣。

化妆的人忙于抹匀她们的身体，
三娘教子，唱给老年人听。

台上的狂野化为台下柔顺的脾气，
多讨一点钱，她几乎跪在客人身边。

而客人也在羞涩地傲慢，
他们爱听这戏，任不安感来敲击。

四年后的场面依旧，现场的人可以作证，
仍旧大方地给钱，但不再是傻瓜。

四、金城关

踏上今天就是踏上你的历史，
你捣毁了自己，又把自己重建。

2006.08.08

回乡小记

三十年就很老的人,
三十年后变得更老。

孩子们挖走最深的树茎,
留下坍塌的墙,废弃的路。

没病的人得了中风,
死去的村庄又死了一次。

姐姐把厨房门紧了又紧,
她不想让油烟流进厅堂。

煮出所有好吃的想法,
顺便讲一讲对儿子的打算。

父亲的耳朵似乎全都聋了,
对他表达的关心,都听不见。

甚至听不见邻居的一片好意,
忙着端起醉酒的碗,笑成碎片。

2010.05.28

昏睡

一根白线和一根黑线相交,
拐向五点四十还是九点一刻?

严寒收留着早市上的人们,
剁肉的剁肉,打酒的打酒。

炸油条的摊前排起长队,
煮馄饨的妇女使劲揩着桌子。

给我们欢乐的就是这漫天的酒肉,
满地的瓜子皮,麻将挤爆客厅。

给我们欢乐的就是这丛生的亲友,
笼子里烟雾弥漫,笑语频发。

给我们欢乐的是这整晚的忘却,
抛弃了一切,只为清醒后的剧疼。

给我们欢乐的是这永久的别离,
会面时沉默,会面后失声。

2011.01.30

今夜，我们说诗歌

友谊会在夜里减慢苦闷的速度，
像列无篷火车，被粉煤灰和水泥压实。

我们很早就认识，但并不亲密，
年纪类似，流程类似，体验类似。

我登过的香山和景山，
相信你们也在雨夜和雪夜登过。

你们去过狼牙岛和棒棰岛；
会来参加我的革命，但也未必真来。

差异还是类似，我们都可以谈，
歪在地上，斜在床沿；

用茶杯喝酒，或者用刷牙杯饮水，
讨论"什么事"，也讨论"为什么"，
会留下些积极的雷鸣和随意的闪电，
未来偶尔会浮起，或者完全沉没。

2011.12.12　香港兆基创意书院

荆州古城

这里没有人叫卖刘备和关羽
城墙里的售货车，柚子六成熟

商店已习惯骤然的热闹和冷清
所有的洪峰都将匆匆消退

再美的风景也只是辅料
再悠久的历史都将生长为废墟

保卫这座城市的是墙外那条水
泡开这座城市的也是它们

算命的人偶尔算一算旁边的那匹马
寸草不生的瓮城是它当年激战之处

随那些卫国将军我们登上最高
远处已被截断，石板路破碎
我们挽留它们又任其荒芜
博物馆的标本，河流边的众生

2010.09.15 湖北荆州

昆仑山北
——为欧阳荣宗而作

繁殖者在平房区悄悄地繁殖,
孙子满月了老王到金瑞酒店摆酒。

开出租的张姐来自江苏盐城,
她在驾驶室里一坐就是三十七年。

这土地是养育所有人的土地,
孩子们在暗处生长,亲人像焰火团聚。

寄居者远道而来,扎根缝隙,
馒头店边是卖石锅鱼的店。

追逐美味的人总能得到美味,
奔波的人在奔波时得到安宁。

所有卷起的风沙都在这里集合,
人们摞在一起,沙粒挨着尘粒。

请在夜晚眺望南边雄伟的黑色,
玉石上的西王母,夜夜向你显灵。

2010.03.25 格尔木

命数

想知道明天的早饭在哪里,
想知道谁在暗中做坏人。

预知未来有许多种办法,
握住一切是那些通灵的人。

看面相的人只需瞅你一眼,
测字先生只需拿起一个字。

告诉星相大师你的生辰八字,
把手心亮给对面的那只手心。

也可以到网上查询和比对,
一副扑克牌也能翻出坏消息。

少数人还会焚烧骨头和木片,
他让每个锅灶都响起哔剥之声。

也许我们该学一学那占卜的狼,
每次猎杀之前,前腿撑地倒立;

后腿笔直指向月娘,
食神就会指点它杀戮的方向。

或者我们什么都不用去想,
像进城的农民,蜷伏于缝隙。

2010.03.22

魔墟

雪一遍又一遍冲向大地,
睡在地上的孩子,都很老实。

沙丘的凹陷处长着榆树和柳树,
要得到能喝的水,就得向深处挖。

人们似乎爱上这样的危难,
废弃的村庄边升起新的村庄

院子里的人依旧细碎地坚硬,
他们冬天瘫痪在屋里;

夏天走到门外,刨出三万个坑穴,
在那里埋下成捆的困惑;

他的细狗打猎,黑猫看家,
爱人给枯萎的玉米浇水;

雪一遍又一遍遮盖着愤怒,
沙子从眼前,隐忍到你看不见。

雪一遍又一遍融化于清醒,
地里长出的人们,都曾经种在地里。

2010.03.10　内蒙古巴林右旗巴彦尔灯

南宋皇城

我的故乡在一座小山下面,
废弃在卷烟厂的旁边。

比卷烟厂更近的是一座化工厂,
它的旁边,是一座人民代表大会。

人们蜷缩在矮小的卧室里,
吃着西瓜,打着过敏性的喷嚏。

我的身边躺着八千块旧砖,
人们挖出八百块,给它盖上屋顶。

这是抓捕过去最好的通道,
困难尚未过去,或者尚未到来。

西湖边的淤泥站立着樟树,
细小的黄花儿掉下来,掉进青花瓷里。

我们都在消散,分解顽固的身体,
现在轮到你了,那不要灵魂的肉体。

2011.05.08

旁路铅封

荒芜的大地需要有人去耕种
而能耕种的农民都在饥饿中

躲进城市的庙宇里寻欢作乐
烤肉,纵酒,说着逗笑的话

打听邻座夹带的政治信息
当书记的人到哪都当书记

那盖住希望的人也盖住了失望
那给你希望的人也割走了你的灵魂

春天的犁铧还深藏在矿脉里
放声歌唱才能惊动它们

而你盒子里已没有像样的旋律
像一把被拉垮的弓,在蛛网中哀鸣
荒芜的大地拒绝人们的触碰
宁愿做世上最贫瘠的恶民

2011.01.06

旁听席

原告在讲,被告在听,
法官在打瞌睡。

法警的手机响了,释放暴力歌曲,
他不许别人响,关上所有嘴巴。

农民施工队在窗外施工,
手铐对面是美容店。

安静的人永远那么安静,
他们要么听从,要么停顿。

要么悄悄地待在路边,
等候下一班慢车的到来。

院墙们啊,你是最专制的君主,
所有的生活,都像在犯罪。

2009.04.03 南宁

雀儿山遇堵

饥饿的大地吞食着白雪,
石头是所有神灵的祖先。

运金矿的车在熄火,车轮陷进边坑,
运密探的车在闪烁,伪装成常人。

这是世界的中心,你可能不承认,
但勇敢的朝圣者纷纷承认。

并非每一座山起了名并修起寺庙,
并非每一个垭口都飘扬信仰的经幡。

你我如此相似,却又如此远离,
面孔如此慈悲,恶毒在暗冰里。

渡鸦从远处盘旋而至,
难以抑制对人类内心的好奇。

推土机喘着粗气碾压着新雪,
前路迷茫,却又清晰可见。

2011.03.21

若尔盖(外一首)

若尔盖

孩子们洗得干干净净,
送进的城市垃圾遍野。

我们都爱这短促而深厚的青草,
鲜花在地表自由地滑行。

是什么让它们如此卖力地生长,
攀爬于无法到达的高处。

是什么挖开紧锁的心肺,
泥炭地,流出泥一样的血汁。

洗劫黄金的人,遗弃了沙子,
跳着最原始的舞蹈,唱着毁灭的歌。

旱獭一大早就仰望警惕的星空,
日月在它脚下停止,在我们的脚上蔓延。

兀鹫跳跃着奔向停顿的尸体,
病死的牛羊,是最可口的食物。

2010.07.22

李白故里

热爱耕作的人们离开了土地,
留下牌坊边残破的山水。

就像寺庙放弃了它的僧人,
任佛法泛滥于酒馆和超市。

繁殖的土地,淹没千年的村庄,
淹没祠堂、私塾和成片的墓地。

记起你的人都是些无关紧要的人,
他们坐在摇椅上喝茶,打着麻将。

让人敬畏的是这些动荡的树,
有人割取,有人种植。

手持刀斧的人把它运到远方,
买回来的烟,够抽一年。

用最快的砂子划破你的遗留,
你的水晶在路上,又在雾霭之间。

2010.07.23

烧煅工

夜晚的城市分明是烧红的烙铁
每一盏灯都在加热它们

白天也在剧烈的摩擦中度过
每一次相遇都有电力在释放

即使废弃者也有它们的理想
占领每一寸暗处,随时准备翻新

每天清晨都是起跳的清晨
出发时幻想,回归时还在幻想

或者可以一起登到高处
想要的一切躺倒在眼前

今天不属于你的未必明天不属于你
机会到来,她们会盛装引导你的进入

就像这满山的石头在寂寞中煎熬
那冶炼它们的人正从山下涌来

2010.12.25

狮子座

钟声徐徐地敲响,仍旧是铜质的声音
这标本似的存在,忘记的人们在忘记。

冷漠的人繁殖着他们的冷漠,
楼底下,华北紫丁香对面坐着华北珍珠梅。

期待中的女人尚未出现,
她需要在狮子座,需要相对年轻。

据说这样的女人会成为拯救者,
就像非洲的狮子,拯救口中的羚羊。

或者像公安局门口的石狮子,
拯救那些屈打成招的囚犯。

是什么都不要紧,都请迎面撞来,
一个中年男人,正在褪去畏惧之心和

基本的神秘感。铜铁的声音在模糊,
楼宇气势汹汹,荒废连接着荒废。

2012.12.31

书架上的旧火机

灰尘是一切的主宰,它们说来就来,
书却在矮小下去,总是站不稳。

打火机放在那已经五年了,
旁边是两个沾有茶渍的杯子。

离它们十厘米处是些毛茸玩具,
不知道哪个孩子会再提起它们。

这就是我们的居室,新的变旧,
旧的会在二十年后变新。

像一串老钥匙,拥挤又隔离,
生机勃勃地互相磨损。

它们沉睡在陈旧中,消耗精血,
等待被人利用却酿造着仇恨。

在任何屋子都可看到当年的热气,
它们如此强壮又如此散乱。

2011.02.12

刷漆人

薄雾笼罩所有的道路,
汽车行走,喷吐依稀的光。

路边的灯柱,高挑而弯曲,
灯火管理处嫌它们过早灰暗。

最坚韧的绳子拴到灯头,
刷漆人向上攀登,直到悬空吊起。

像一只蜘蛛,衔着柔韧的丝,
又像那滞留的判决,等候迟到的法律。

左手清除积尘,右手涂上新色,
镀银的漆水蘸了一遍又一遍。

他们是一群人,挂在同一根线上,
绕着南二环,刷上一天又一天。

以至于让人感叹,有这样的胆量,
什么样的悬崖无法攀缘。

以至于让人感叹，有这样的耐力，
什么样的贫困不能穿透。

以至于让人感叹，有这样的灵巧，
什么样的信仰不能握在手中。

他们净化了这个城市，
又让这个城市保持肮脏。

2010.05.10

水杉
——献给星宽治先生及日本友人

在两座三座四座人类村庄之间,
在天空与大地交换情感之处,
在坚硬的岩石流向大海之前,
有人散播了你,酝酿着六十年的汁液;
接通这土地上所有柔软的生长。

连在一起,就远远大过我们,
给麻雀以庇护,摇晃着萤火虫的幽光,
神灵在你翼下安放它们的住宅,
乌鸦们互相熄灭了打斗。

这个世界上总有一些这样的树,
愿意与其他的树联合在一起;
这个世界上总有一些这样的树,
奔走在人类诞生之前,消亡于人类灭绝之后。

这个世界上总有一些这样的树,
愿意把割裂的大地紧紧缝合;

这个世界上总有一些这样的树，
像化石一样，牢牢地把信念储存；

这个世界总有一些这样的树，
用生命支架着房子，又站在一边守护它们；
这个世界总有一些这样的树，
走到哪个地方，就把根留在那里。

2008.06.28　日本东京

天坑

擎天柱般的大山已事先蚀空,
表面黑泥压住内层的红土。

当掉落到来,站着的突然倒下,
翘起的根须像海绵般的柔软。

你所能俯视之处,全来自于
沦落,它们托高你的崛起。

你所能仰望之处,全是
掏空后精心化妆的残骸。

在底部小平原上快速地旋转,
发育的大地,身体潮湿。

任何颜色的蚊虫都可飞入,
唯独你拒绝前行。

与其说这缘于恐惧,不如说
在等待又一次坠落的到来。

2010.05.05

桐花祭

归来数行泪,悲事不悲君

——白居易

食物没有让我雄壮,酒也没有,
我要到路边的小庙,塑造土地神。

阅读没有让我雄壮,祈祷也没有,
荒野的殿堂里精灵在发呆。

森林没有让我雄壮,河流也没有,
挖空的山体,逃逸的逃逸,

活埋的活埋。在迷乱中,扑入丰收的大礼。
高高的悬崖下,新酿的米酒酸甜。

半山腰的蜂窝,飞舞我的动力,
追逐着你碎石般的掉落和到达。

当月亮泛黄,沙滩浮现,
潮水舔湿又卷走暗淡的激情。

总有可能与你充实地碰撞,
在你盛开时,在你衰败时。

2011.08.20

挖砖人

春天长出又拒绝绽放,
挖砖的人一直在挖砖。

房子等待拆迁等得太久,
脏雪压在破碎的墙头。

有用的都搬走,留下"没用";
露出来的都会被人看见。藏起来的,

也只是埋在菜地里的胡萝卜,
只需耐心等候,就能送去销售。

拿出铁镐和锹,很久不干农活的人,
向城市挖掘,像那些园艺工人;

砖的下面还垒着砖,树根
下面还有树根。你能挖多深,它

就藏得多密。湿漉漉的身体，
码在道路边上，边晾干边挂念

砖块一样的人们；拆迁后的
大地，总能挖出奇异的财宝。

2010.04.22

维多利亚

从铁路得来的全都还给铁路,
在公园展览的全都留在公园。

这偶然的相见没有后续来裹胁,
红耳鹎在树顶吸引它的同伴。

纷纷涌来的是食物和啤酒,
那是我们每天都要拒绝的殷勤。

淹没情谊的正是这些食物和酒,
多少人用它来认命,用它掩饰不安。

接下来的任务是走到相反的方向,
逃避这些营养,像年轻时逃避亲人。

秘密终究会和秘密互相碰撞,
它只是想说,忘却它,有无数种可能。

有人已厌倦,有人仍旧在寻找,
废物被运去填埋,珍物也将如此。

2011.12.11 香港,皇悦酒店

香山听雨

在雨水中，人们会失去年龄，
失去信仰，失去饭菜里的爱。

杨树认识身边的柳树，
而树底下的人，却沉迷于陌生。

买卖街的人却互相认识，
卖包子的人认识卖鞋子的人。

停车场的人认识卖树叶的人；
透明塑料夹着去年的阳光和雨水，

来自其他的山，其他的村子；
来自那泉水干涸之处。石头磨得锃亮，

像是上足了凶气的军刀，
又像是血馒头幻化的精灵。

走在你前面的人,长着腌菜般的脸,
乌黑,紧皱,再也不可能舒展;

走在你后面的人,像是一块红烧肉,
正走向酒桌,寻找吃他的毒物。

2011.09.25

小熊猫三周岁

五月仍旧是抢劫的月份,
亲戚们沉迷于争执。

停下来的是那些落伍的人,
躺在地里,惭愧地退出比赛。

谁也不知道终点将何时显现,
耳朵里听到的,全是启动的马达声。

在我心慌意乱之际,你及时冲入,
我的缺失就是你的缺失。

你的熟人不会是我的熟人,
十六楼的赵鹏,他和你同龄。

却比我小将近四十岁,
他的父亲,展开三米远的微笑。

拼尽一生,你不会找到同伴,
也遇不上对手。每一天都盲目前行。

2011.05.03 儿子小熊猫三周岁,第二次给他写诗

辛亥100年的火车与越来越快

平行线（序诗）

平行线永不交叉，托起沉重之物
在身体上快速地滑行。

平行线会遭遇其他的平行线，
鲜亮的脸上沾满人类的臭味。

这平静的延伸触翻了多少悬崖峭壁，
又震醒了多少潭底的冤魂。

这平静的延伸装走了多少大红花，
又让多少苦难轰隆隆升起。

这平静的延伸总在我们视线之外，
当我们想起它时，窗外的鲜花喧嚣一片。

我们幻想安宁在它身上凝固,
千百年来,我们从未得到过安宁。

我们拎着铁锅,卷起被子,
让满载的物质,消融最坚硬的钢针。

2011.03.06

青龙桥

男人被连根拔走,留下女人和
鸡鸭。她们种玉米,洒农药。

农村被连根拔走,留下空空的树,
土地长满杂草;粮食从城市运来。

多年前我种下核桃和柿子,
多年后,来采摘的都是些什么人?

多年前我铺下长长的天梯,
多少人爬上它的身体,多少人

站在远处恐惧。人群像一长串
刀子,轰鸣而过的是浓烟。

最困难的尚未过去,
或者说,最困难的,尚未到来。

到来的永远是那些逃难者,
他们去上班,又是去监狱。

2011.05.18

正阳门

我在箭楼的门洞里沉睡,
世界在坍塌,灾民忙着捉虱子。

战争飘在远处,近处只有施粥厂,
议论时局的人躲在高楼中。

这里曾经让所有人服从,
或者,把所有的天线掐断。

这里,曾经成为所有人的终点,
那些迷恋旧物的人,终将被埋入旧物。

这里每天都在忙碌着运走一切,
黑土、巨石、黑色的小麦和猩红的铁。

这里也曾经运来所有的希望,
士兵、枪支、报纸和阴谋。

他们制造困难又带来希望,
他们让困难过去,又推来更多。

2011.06.04

长辛店

父亲把脸盆和炉灶都塞进袋子,
他回头看了看柞木大门。

从村庄到小镇,从小镇到县城,
从县城到更远的县城。

父亲就这样带着我,让我相信,
人应当悬挂在空中,像半片腊肉。

我们在清晨起跑,带着被子和旧衣服,
为了到远处,接受他人的欺压。

我们在半夜起跑,带着大米和咸菜,
为了到远处,忘掉亲戚和父母。

我们在中午起跑,下地道,过天桥,
检票口的乘务员,眼神冰冷。

同行者也都眼神冰冷,挤在一起的人,
个个都是一把好刀。

2011.06.22

保定

候车室正盼望久违的拆除，
旅客们塞到下水道里。

人们呼吸着毒气，享受最粗暴的命令，
警官一遍一遍地搜查身体和行李。

铁轨上，粪便像麻雀轻盈地跳跃，
抽烟的人们，站在尿坑中。

人们围绕着你，像士兵围绕着将军，
像奴隶围绕着它骄横的主人。

你是这座城市的引爆点，你指挥着
破败、昏暗、污浊，玩命地摊开。

残存的城墙，头顶上盘结着大树，
残存的护城河，脚底下流着脓血。

拆房子的人就是那建房子的人，
盖楼的人，住在潮湿的地下室里。

2011.07.14

天津洋货市场

最困难的尚未过去,或者说,
最困难的,尚未到来。

你把农村压扁,输送给城市,
把穷人压扁,输送给富人。

你把疾病运到贫瘠之地,
你把宝石运到黄金屋里。

你也在把野心家输送到朝廷中,
他们在围墙里争夺和打斗。

你也把快乐神输送给孤单的孩子,
他们坐在山冈上,就为听你的心跳。

你把青草压扁,输送给牛羊,
你把牛羊压扁,输送给屠宰厂。

你把屠宰厂输送给炖肉的铁锅，
吃肉的人们，咂着来自远方的酒。

最迅速的时代尚未过去，或者尚未到来。
我的好兄弟，请你把刹车松开。

2011.08.01

幽州台

从纯朴的少年到吸血鬼,
只相隔半节车厢的距离。

或者只需一个单腿站立的位置,
无论你从哪里来,你都是站立者。

但这样不妨碍你失去尊严,
持久站立的人,比别人更早弯下腰。

是你把女人送到流水线,把男人
送到凶杀场,把树木送到焚烧炉;

把土地送到憎恨者手里。
我们都是吸血鬼啊,集聚在

城市的血管里,集聚在乡村的
赌场中,频繁拿别人的性命

作为投注,拿毒品作为珍宝;
而把珍宝,送入磨刀石中间。

2011.08.14

张家口

在人和鬼的交界之处,
建起寺庙,安上神灵。

在草和树交界之处,
山脉隆起,关口上长城静立。

在小麦和牛羊相遇之处,
市场轰鸣,战马拉着牛车。

而你用革命,让一切消亡,
神灵从此被赶出寺庙。

而你,用革命让一切生长,
迁徙来的人们,挥舞着暂住证。

他们开的小店灯火通明,
启开下一代,人们烧煮着希望。

无知的人会停止躁动,
沉默的人,仍旧在沉默。

2011.08.16

羊口

我们的土地什么都敢于生长,
在潮动的滩涂里,在芦苇荡中。

4月是争夺和抢劫的年月,
身体一半在腐烂一半在发芽。

盼望到手的都长得又肥又大,
每一寸大海都有盯梢的根须。

无所不在的城市吸食着殷实的村庄,
青年人在衰退,村庄在干瘪。

夜晚,那些飘在海面的人,
睡在舱底,4点就启动心脏。

雄性的船只聚在一起开雄性的玩笑,
女人们手拉着手,消失在海水中。

更多的船只躲藏在夜幕中,
这古往今来的沉默,欢乐都沉在水底。

2011.04.24

野桃花

踏进十三年前稳定的牢房,
清醒的你沦落在大地。

乱石滩上建起世界级的美貌,
它们千年前就埋于雅鲁藏布。

雪松,青冈树和小涧边的神庙,
过去珍视的今天被昂贵地珍视。

在暗绿的阳光下保持深黑的沉默,
像枝桠朴实的藏族人,总是蹲在边角。

到达南迦巴瓦之前,朝圣般的尼洋河,
捡走了所有的土地;把生的希望,

留给滚圆的石头;把和平的泥沙,
像战乱一样淤积在八一。

于是，不可改良之地从此改良，
于是，无处谋生的人们从此扎根。

于是，每当本地的三月到来，
你就是节日上饱受鞭打的精灵。

2009.12.12　西藏林芝

阴霾天气

所有"有"都可抹去并成为"没有",
所有灾难都会重生并倒塌如危楼。

请相信这手心翻云覆雨的魔力,
你想下土就下土,想黑天就黑天。

远在天边的很快抽调到面前,
划街而过的男人全都裹团黑色。

黑外套连着黑外套,模糊的
面孔频频摩擦,鼻脸冒出烟火。

这样的风尘是丧失知觉的风尘,
笨人结在一起,钥匙锈住锁眼;

聪明人机警地分离,天牛钻透树心;
平常人紧紧地插在地上,任愤怒

和恐惧,把身体烧成更耐折磨的身体;
超凡者站在云端,参拜佛像,红光满面。

2010.3.29 前门南大街

新油菜花

年轻人离开雨水和稻米
离开蒲公英和油菜花

他们割断父母,移栽一次又一次
树种在钢筋上,黑泥压在水泥下边

轮子卷着双脚滚动
每说一句话,就绷一次弦

他们每天都清洗身体
却吸收别人的废气

他们用数学计算幸福
随时测量工作的体温

他们的巢穴隐藏在深深的冰洞里
每一次应答都需要门铃的同意

他们的心啊,总是在痴痴地回想
他们深深地爱着,却不知爱的是谁

2008.06.24　日本东京

友谊宾馆

再坏的日子都熬得下来,
如此好的事情你却无法忍受?

每棵树都有它特有的威严,
想站在哪里,就站在哪里。

政府们个个穿得像打手,
他们的黑衣服,黑得发亮。

坐在人类中间像只野生动物,
一切都在驯化,从桌子到食物。

一切也都在恶化,
从食物到语言。

我们都是些努力向上的人,
讲着全世界最精美的故事。

所以你要寻找园林里的水面,
这浅浅的湖泊,是深不见底的大海。

或者你该点起烟囱,
燃烧、驱逐一下你的烦恼。

2009.04.13 沈阳

元上都

有钱的女人皈依了佛教,
有钱的男人发动了战争。

有钱的城市拉扯着沙子,
沙地上的榆树,长在苔草边。

李丽拉起铁丝网围着她家的牛,
张红拉起铁丝网护住他家的草。

生长金莲花的土地今天长满了土豆,
土豆开花了,移民村圈养着歌声。

张红的爷爷赶着勒勒车去打酒,
李丽的姥姥坐在包里念佛。

张红拿出牛羊向李丽求亲,
媒人绕着铁丝网,多走五十里路。

有钱的女人发动了战争,
有钱的男人,红砖垒起长城。

张红和李丽都住进沙地里,
而你是那个想移走沙子的人。

2009.07.16

远行

知识让人枯萎,年纪轻轻的手掌,
爬满老人才有的斑纹。

刚刚埋下的土豆就被挖掘,
这可是种子啊,带走它就是带走土地。

劳累的远行者按下了火暴的脾气,
在车站里等啊等啊,等着碎片聚齐。

狂欢的人仍旧在狂欢,麻木的人在麻木,
吃铜火锅的人把大片冰羊肉塞进汤里。

收集残局的人偶尔焦虑地看看天气和手表,
时间早已停滞,旅程表一废再废;

在这不可指望的时代,独自带着车票离开,
独自抱着被子沉睡,独自坐在墙角里晒太阳。

而团圆却会阉割你的勇气，抹去你的脂粉。
你的脸一钱不值，腿脚在一节节腐烂。

可你一直是我的同伴，住在我的屋子里，
一起张开这渔网，坐着鲨鱼远行。

2012.01.12

阿拉善行修记

昭化寺

村庄褪去,寺庙升起
细碎者拼接起一切。

被毁坏的都会再生,
被停留的都会再逃跑。

人们以一万种方式狂野,
然后以一种方式安静。

我把生前所有都送给你,
它们慢慢地沉入地底。

我把死后所有都送给你,
你活着就用得上它们。

我把眼前所见都送给你，
包括脚下的那些河泥。

也包括我写下的那些句子，
足以用它来表达感情。

2009.05.14

马兰花

你知道我的名字,
我在这开放了千年。

你不知道我的名字,
我在这开放了千年。

你像一匹马踏踩我的身体,
鞋尖带走花瓣。

沙地甲虫亲吻我的雨露,
撕咬着我的欢喜。

所以我像标本那样活着,
向所有可见物显现。

所以我像母亲那样活着,
紧紧地把子女拽在身边。

所以我会知道你的名字,
不管你开放在哪里。

2009.05.15

承庆寺

这大把的阳光正在散去,
五只牛藏在芨芨草箭队中。

野兔尖起它沙粒般的双耳,
繁殖后代的鸟儿们凶相毕露。

人们互相杀戮互相和平,
出门拆寺庙的人,回家搭寺庙。

跪在祖先建造的房子里,
嘴里说着神才能说的话。

大把的阳光正在散去,
劳动者很快到了吃饭时间。

两步就看出你的虚伪,
你累了,前面有沙堆。

两步就看出你的诚意,
你累了,前面有沙堆。

2009.05.16

月亮湖

轻轻地捞起一片咸水,
掌心存下淡淡的湿意。

文须雀,在苇根悄悄地跳动,
有食物之处,就有它们。

骨顶鸡也躲在芦苇丛中,
所有路过者,都是天敌。

它们的孩子嘴尖红嫩,
跟在妈妈身边,像小点心。

精心保护的湖面充满争夺,
互相伤害的湖面外相文静。

灰雁把头埋进翅膀里,
像有道高僧,厌倦了修行。

游客都是些精妙的人物,
沙枣树下,火辣辣的眼睛。

2009.05.17

广宗寺

一些人活在半空中,
一些人活在洞穴里。

红嘴山鸦在山顶上尖叫,
修行的人只听见修行。

一些人保护了神灵,
一些人砸碎了铁锅。

卓玛边唱歌边忘记劳动,
扎西却想着如何娶她为妻。

巴特尔把生命寄放在佛堂,
斯琴塔娜从不离开她的绿洲。

一些人盖起厚重的房子,
给房子加上一道道围墙。

普通朱雀拼命地吃着花蕊,
微黄的胡杨花堕落在水边。

2009.05.18

在广州与友人谈垃圾

买菜的人已轮换了好几茬面孔,
卖白菜的人还在卖白菜。

方寸之地延展你最宽广的河山,
在这里出生,就在这里经营。

坚硬的富裕对我毫无意义,
我只看到你的贫穷,你的暮色。

高楼呼吸着有毒的空气,
河道放逐着废弃的鱼虾。

偶尔翻开心底的淤泥,
偶尔翻开一堆焖烂的历史。

能掩埋的,都会被人掩埋,
能丢出窗外的,都会被丢出窗外。

一起来吧,做那根飞舞的铁针,
刺痛你的冰决,刺痛钢筋和水泥。

2012.12.20

在京遇雪

绿皮车拉来葡萄酒和远方的尘土,
醒来者尚未富有,沉睡者仍在沉睡。

寒冷漫天飞舞,暗藏着暖意,
走在路上的人,四分五裂。

好战者也会厌倦发皱的大海,
哨兵双眼失神,枪支在腐烂。

我已经没有力气再去寻找你,
也没有力气让你触碰。

轮胎殷勤地挤压这些碎小,
凝聚得越紧,融化得越快。

一团又一团的幻觉,冒着热气,
散发着室内才有的君子风度。

这世界所有的人都可能爱你,
或者,只有你试图爱这世界。

2012.12.15

出京无雪

像水鸲的哀鸣被空旷所稀释,
你跳跃在树与树的接缝之间。

所有的迷雾都离开我们十米,
它们勤劳地升起,只为飘荡。

这些缓慢的流淌见证了多少飞速,
刚刚形成的,又已消亡。

你在水和土之间轮回流转,
我则像那豆娘,轻点远行的红叶。

很难听见你在说些什么,
手刚拉上手,饭菜就已着凉。

于是我走进山间,找到那间小屋,
容得下我的地方,也将容得下你。

比死亡更长久的就是这些闪烁,
比安静更诱人的是这些喧嚣。

2012.12.16

南岭行

那些山远大于你,还有那些夜幕,
那冬天还在盛开的花,在展翅的燕尾。

不要轻易相信这世界的苦难,
虽然,也不要相信它们的繁荣。

真正的杀戮都隐藏在深处,
在笑容与沉默编织成的陷阱中。

热恋的人,期待着互相珍惜,
等待他们的也许是久违的残忍。

朽木里的"拟蝎"引爆我们的信任,
在吃与被吃之间,该凋零的都在凋零。

很多人从你的弯道中一次次左转,
他们对自己的兴趣,远胜于五针松和金斑蝶。

让我们郑重地发一次誓吧,
到达已不可避免,不如在此汇合。

2012.12.17

2013 小诗

北海以北（外一首）

空空的大地什么都不再出产，
小伙子进了城，大姑娘进了城。

空空的大地只有小树在长个儿，
红豆杉进了城，羊肚菌进了城。

空空的大地阳光也是空空，
河水进了城，水底的砂石进了城。

空空的大地挥霍着空空的力气，
爷爷找不到孙子，父亲找不到母亲。

空空的大地穿山甲无处藏身，
眼镜蛇进了城，苍鹰也进了城。

空空的大地拽不住滑落的泥土，
没人为森林歌唱，没人歌唱牛羊，

空空的大地抓不住连绵的进贡，
人们忘记了劳动，也不再舞蹈。

2013.12.30

北海以南

我们需要这样的街头,
寒风在这里周旋,流浪汉在酣睡。

我们需要这样的街头,吉他手歌唱,
然后收好声音,点燃香烟的廉价。

他们想要喝酒,就在路边的酒馆,
他们想要睡觉,就在地下出租房。

我们需要这样的街头,炸洋芋的人
往臭豆腐上撒辣椒面,呛着了骑车人。

骑车人的家就在附近,他拎着水果,
看着人们行骗,看着人们受骗。

我们需要这样的街头,孩子们等公交,
大人们交易各种各样的犯罪技巧。

我们需要这样的街头,远离村庄的人们,
在这里跳舞,在这里默唱。

2013.12.31

贝壳湾

一座座石头比赛生长的速度,
它们表面平静,内心疯狂。

占领湿地,体育馆露出它非凡的胸肌,
剩下的水挤成一团,即将风化为标本。

压缩饼干的时代,分子兄弟愿意牺牲,
这一面湖水,乐意随时变换体型和意志。

相聚者会再相聚,告别者会再告别,
房门挨得越近,越需要抱团取暖。

有人已经进入痛苦频道,或者说,
他的每一帧画面都由痛苦水泥铺成。

模糊的视力已分不清医院与饭店,
也不再分清熟人与陌生人。

捕鸟者还在崂山上捕鸟,
救鸟英雄们,却在为身份证发愁。

2013.10.15 青岛

风化石

持续而无节奏的告别,在光刃的起落间,
乌云在裂开,疲惫地乱在一起。

接下来,菜肴变成丰富,
等车的在等,上车的在上。

接下来,飞走的飞走,残余的
慢慢滚动,乌云之后还是乌云。

你从远方来,你向远方去,
你的心是多向而盲目的加油机。

裂缝并不遥远,就住在山上,
山里的姑娘,偶尔闪电在小镇。

我也来自山里,脚下山丘起伏,
要到平原上旅行,麦地紧紧相连。

我要到大海上漂浮,像慢慢摇晃的海鸥,
泛起你的告别,沉下我的心痛。

2013.06.02

红桦林

——徒手攀岩岩不动,殉情谷上天湛蓝

乌雕如你的心事,若隐若现,
死亡在这里被当成风景。

死亡在这里也是胡兀鹫的食物,
期盼重生的人,寻求依赖之神。

你的脚下毒草匍匐,泉水粗鲁,
每一根枝条都在默唱和裂开。

用毒草泉洗澡,用风化石做饭,
牦牛虽然年轻,马匹已衰老。

苍白的爱情,绝望地在半空悬停,
阳光穿透红润,直刺大地之心。

在这舒缓的坝子,在这积雪的陡坡,
你的每一次嚎叫都有一次捕获。

无论在哪里相遇,都像供烛燃烧,
带我走出清醒,重回迷醉。

2013.01.01

后英房

也许你说的"北"就是这里的"后",
像"南面称王"者,得是身强体壮的人。

管那么多呢,如今我已经进入庭院,
铁门生锈,普通得如一棵桃树。

如果这不是你的血脉,精致诱人又能如何?
你的非凡之处,就在尚未有人认知。

还有爱的能力,那就再爱一场,
还有攀爬的力气,那就再翻越一座小山。

或者我们可以连绵不绝地爱到永远,
即使我们的身体,已经不屑于表达。

行走的依旧在行走,停顿者在路边打牌,
修理他们的愤怒,缝合内心的挫败感。

在悲伤时撕扯亲人的双眼,在力气恢复时,
牵手走过这肮脏而体面的胡同。

2013.10.12

母亲与白笛子

整个清晨都被痛风病占领,
孩子们腾空而去,白天比夜晚冷清。

肥胖的修鞋匠放下高跟鞋,支起棋盘,
老对手跛着鞋子来了,带着午饭。

整个上午都在设法分出胜负,
整个上午,都想要捏准正确的布局。

舞曲迟迟不肯消散,跳扇子舞的人,
频频打开扇子,又啪啪地收拢。

练习太极剑的人也一直在练习,
头天学会的动作,第二天就已忘记。

尖锐的声音一次次抛起又一次次跌落,
广场暖意甚浓,凋零的人们趁机凋零。

父亲藏好糖尿病,吃着清水煮土豆,
回到童年,重新吸吮大地的甘甜。

2013.10.17

母亲与黑笛子

送水工从门口走过,兼送牛奶和报纸,
小伙子像尿布,几天就换一茬新。

卖蜂窝煤的从门口走过,
煤渣染黑了铁门外的小吃摊。

快递员嚼着肉夹馍挨家敲门,
送来的新杂志转眼就到了回收站。

收废品的与卖水果的,偶尔聊两句,
租房子的和发小广告的,面对面各站一排。

做生意的人很容易相识,但更容易忘记,
只有捡垃圾的三轮车最忠实这个小区。

母亲拉着小车去买菜,遇到更多的母亲,
她们推着临时的婴儿,晒太阳,挖沙子。

园林工人拖着水管给杨树消毒,
秋天的火车票已买好,明天回家种冬小麦。

2013.10.19

母亲与红笛子

耕作的田地就是一根根铁轨,
白天在飞驰,晚上也在飞驰。

而母亲却在小屋里缓慢地踱步,
她练习吹笛子,十年一直在练。

她买了五十年的菜,做了六十年的饭,
她的每一天都是全家人的厨房。

她六岁时洗衣服,七十岁还在洗衣服,
她看着面前的水一遍又一遍变脏。

其他人的田野,都是颜色各异的火箭,
有的在天上飞,有的在地底飞。

火箭有时会融化在一起,
更多的永不相逢,像是互相憎恨。

母亲在屋子里,练习吹笛子,
墙壁的每粒细胞,是她寂寞的听众。

2013.10.18

南湖四岸

母亲,你是厨房的奴隶,终身侍候
那些土豆和白菜,清洗,翻炒。

父亲,你是饭菜的奴隶,也是烟酒
的奴隶。它们分明都是些假酒啊,

从一些人的胃里出来,又到达
另外一些人廉价的胃里。

即使风和雨都被冻结,生长,也是本能,
但孩子们,却成长得太慢。

五十岁了仍旧是个孩子。怨不得有人
感叹说,孩子是成长的奴隶。

卖假酒假烟和假菜的人得不到快活,
他们是睡觉的奴隶,一天只睡三个小时。

大睁着双眼。鼻子分明都像喷雾器,
吸入毒物,呼出的也是毒物。

2013.02.12

偶遇

雷电劈成的世界，柔软又坚硬，
保安在守门，保姆在扫地。

相逢是命中注定，有人是
黄芪和半夏，有人是鸿雁与山雀。

雨水冲刷出的世界，干净，又肮脏，
送上桌的食物，一半都是累赘。

饥饿和过饱撑出的世界，阴霾重重，
雾帘里，盼望来一场惊世的大风。

吹走男女之间的隔断，吹走
为纯洁而精心设计的伪装。

仁慈与凶狠混搭的世界，
试图用文字记录，用图片来思考。

而缺乏灵魂的一具具肉体，
在身边徘徊，占领我的念想。

2013.07.03

仁怀

又一次见到女人为男人
买高价的酒,并相信它是真货。

左隔壁的麻将室,人们取茶,
交费,然后通宵争个输赢。

而右隔壁的彩票店,
军官们,正为投注号码争执不休。

他们想要的级别都会得到灵验,
就像农场的工人,种下蚕豆,

一排一排占满开春的原野,
绷紧它的成熟。收割后,

灌上水,在夏天到来之前,
给早稻安排好最佳的住处。

做好这一切,才能在秋天,拿走
残败的收成,用它们来酿酒,

用它们来麻醉街巷的神经，
直到，清醒的人们，打开卷帘门，

重新开张一天的谈吐，
吃药的吃药，送行的送行。

2013.03.09 贵州

日落黄

母亲在飘远,父亲在飘远,
当年的姐姐也在飘远。

杉树在飘远,马尾松在飘远,
蕨菜、苦笋和牛肝菌在飘远。

稻谷在飘远,蜜橘在飘远,
田里的黄鳝和田螺在飘远。

土地公公在飘远,送子娘娘在飘远,
伍氏祠堂青砖上的雕花在飘远。

左边的豆腐房在飘远,右边的篾匠在飘远,
唯一的伯父和姨父也一起飘远。

考卷在飘远,课桌在飘远,
教室改成的猪圈也在飘远。

供桌在飘远,鞭炮声在飘远,
村前月亮般的老樟树,也已经飘远。

2013.11.08

沙子上的婚礼

大海已不是当初的大海,
风继续从破碎处起飞。

别阻挡它盲目摇晃的前行,
没人能将它拆散或者捏紧;

也没人能调校它的方向,
它到达哪里,哪里鱼虾就被捕捞;

它路过哪里,哪里的音乐就迷乱。
我们从帐篷路过,怯生生地取暖,

雪白的烤炉,木炭火跃跃欲试,
力图加热所有的好友亲朋。

他们从远处来,在海滩上饮酒,
之后,祝福因酒醉而跌落一地,

玫瑰被收起,烤熟的油滴被扫除,
孩子们蜷缩成一团。为防止他们着凉,

大人们,脱下新洗的外套,
然后,柔软地抱起,慢慢消融。

2013.10.27

双重火焰

你的火焰在燃烧,我的在熄灭,
从此凝视你低垂的双眼。

左眼燃烧着顺从,右眼燃烧着叛逆,
你用害羞掩护着它们的动荡和跳转。

在你的右眼,看到坚忍的耐受,
而在左眼,看到起跳前的犹疑。

我的火焰燃烧时,你的火焰尚未长成,
这短短的十四根木柴,足以把暖意阻隔。

火焰有时把我们通体照亮,
有时带我们远离,眺望另一个自己。

这让我们产生奇怪的幻觉,
以为在烈焰之外,还有冰火在暗藏。

或者以为此火熄灭之后,
更多的冰块还能被点燃。

2013.11.24

探底

白天沉没的人在夜晚浮起,
他的固体如烟雾缓慢地散开。

夜晚沉没的人不会在白天绽放,
吞食者在吞食,消化者在消化。

叛逆的女人啊,但愿此生相知,
我们爱上十年,爱上一百年。

一层层揭开河水,从坝底向上仰望,
你的风向朝左,他的落叶朝右。

沙依旧是沙,泥依旧是泥,
他们一起仰望星空,积累欢喜。

堆得越厚,越触到麦芒的疏远,
江河已断,牛群绕道。

像枚缠绵的鬼针草,希望此生
共飘落。任岸上风尘,将一切包扎。

2013.11.26 参观湘江水利枢纽 后作

体检报告

环卫工弯下红色的身子,从砖缝中
夹起,一枚银杏叶色的烟头。

他的辖区从此就稳定了。杨树叶,
继续当杨树叶;青草,继续长青草。

六十岁的前列腺增生,牢牢生长在
四十岁的身体。这身体,有着

七十岁的肉泡眼,三十岁的
牛皮癣,以及二十岁才有的青春痘。

这身体,有十岁儿童的智商,
三岁儿童的体力,以及新生儿的发型。

我的朋友啊,这就是你要接收的
半成品,另一半已经偏废。公园里,

管理员喷洒农药,鲜花般的男人,
在跳僵尸舞;树丛中,菜粉蝶缓慢地挣扎。

2013.11.12

湘江码头

秋天是作战的季节,冬天也是;
你在储藏春天要喷发的炮火。

夏天才是冷静和回忆的好季节,
青草放松在地,牛羊放松在地。

但现在是停靠的时候,江水平静,
大坝平静,整条河流都为之休止。

鱼群也在大坝前失忆,悬停,
岸上的浮尘只为自己动荡。

那红色白色黄色的厂房也在休整,
让我们一起离开航线,寻路登岸。

停止吧,回到野菊花喜欢的生活,
停止吧,灰背伯劳在树尖上模仿。

枯枝上的普通翠鸟,被阳光牢牢击中,
它的伴侣在水中,它的爱在心里。

2013.11.28

夜冰

练过美声的老洪,没有成为
指挥家,当上了首席摄影师;

爱唱歌的老林,没有成为
歌唱家,当上了专业司机;

爱啤酒的郑小红,没有成为
女歌星,最近忙着布置会场;

爱听歌的李丽,没有成为
音乐老师,每天给小区守大门。

我是你最爱的那块冰,
在深夜的冰桶里融化。

带来的寒意镇不住你的
躁动。也镇不住冰水里,

那一<u>丝丝</u>绝望的升腾。能让我们凝聚,
在互相的拥抱中,化为雾团。

2013.11.06

一碰就倒

爱自家孩子的人会爱他人的孩子,
也会爱门口的那棵小桑树。

会爱秋天的臭大姐和斑衣蜡蝉,
会爱杨树上那成天装修住房的喜鹊。

他们的孩子会成为爱傻笑的孩子,
像岩石在土壤里扎下深深的根系。

吃油者拼命拉开与吃盐者的距离,
那些用肉身筑起的石山却弱不禁风。

铁丝网筑起的监狱山也弱不禁风,
金银筑起的宫殿山同样弱不禁风。

也许这世界需要矮小而结实的草,
他们热爱自己,热爱邻居。

他们会用每个白天顶起所有的石板,
只为探身迎接上空迅速下切的黑暗。

2013.10.20

银合欢

饱满的山坡安静而充满活力,
春天在膨胀,在芒果树上开花。

这溪流活力四射而安静异常,
山雀在求偶,在芒果树顶鸣唱。

人们砍走了树,挖走了根,
留下那棵老酸角,那棵大叶榕。

种起木瓜,龙眼和西贡巴蕉,
种起葡萄,苜蓿和山羊爱吃的茅草。

你给抽烟的人敬烟,给喝酒的人倒酒,
我的妹妹,你要给在座的老人盛饭。

黄柚木一样的阳光,从山顶缓缓滑落,
止步在养猪场的后墙,进入冥想。

这山沟阴森而枝繁叶茂。农地里,
喷灌机打开,蓝木蜂应邀而至。

2013.03.06

折返跑

清早或许来得太早,如深夜;
空气中,煤在肮脏地燃烧。

土豆卷饼,来自东北的特色儿童,
老实地坐在小车上,等炉火长成。

远离家乡者,蒙着头钻入地道,
不选择座位,不选择线路。

不选择出发和到达的时间,
不在乎马上要遇害的人是谁。

该说的话似乎已经说完,
从五千年前,说到五千年后。

该做的事也已经做绝,
爱情并不新鲜,牢狱也不新鲜。

但我们仍旧需要珍惜这些破烂,
让残羹冷炙的美貌,在枯槁的体内盛开。

2013.11.20

致命伤

这是略带羞涩的补救。快速,勉强,
短暂。背负着老男人的无情和自私。

像戴着面具,又仿佛没有,
句句诚实,又字字谎言。

这是一次略为绝望的尝试,
勇敢,愤怒,火山如泉水般温和。

在你面前裸露一切,卑微而下作,
放弃了防守,宁愿被撕扯。

带来一次又一次空地上的旋转,
让人晕眩,却又刺激着反抗。

而冰尖般的刺痛,深藏在地底,
你用力挖开,就要用力将它回埋。

当我们散发,热量慢慢将它融软,
而当我们分离,它又健壮如初。

2013.11.18

2014 小诗

比邻星

跟着父亲可以干点坏事,
比如瓶箱啤酒,偷杯咖啡。

跟着女人也可以干点坏事,
比如坐在路边,枯寂闲聊。

江河从此在你体内游荡,
你是自己的石头,绊倒在高潮。

这广场截留了所有的音乐,
黑洞在这里成长,在这里衰败。

像海浪那样在世间随意行走,
众神规矩之处,是你疯狂之时。

方程中的未知项只有你来求解,
腐败之际,飞船必将到达。

可惜时间已经被压缩和抽取,
你发出断垣残壁,在这里烧尽辉煌。

2014.11.29

卜算子

猪肉炖粉条做成的身体,
吸着烧酒,准备投入监狱。

丑柑和黄鳝做成的身体,
喂养着蚊子,诉说着残疾。

鸡头米和蚕豆做成的身体,
头顶着小船,身拖住巨网。

牛肉面和辣椒油做成的身体,
干风化解恩怨,石头裂成经文。

枯草与牛羊做成的身体,
匍匐在寺庙前,融化在雪山下。

恼怒与羞愤做成的身体,
在鬼火中跳跃,在深渊里潜行。

而极草与冰酒做成的身体,
在寺庙里暴动,在宫廷里仇杀。

2014.04.23

残根

这是北方的病,从南方运来,
在生病的北方思念病因。

这是南方的病,如今在北方传染,
想得到的,都在刺刀和毒虫边。

也在昼夜奔流的天雨之下,
在粘稠的天水里,缓慢地积留。

足足十万年,从地底钻出地面;
还要多少十万年,才能爬上树顶。

马尾松或者老樟树的平顶,
枫杨或者杉树的塔顶。最好是

苦竹或者毛竹的尖顶。从后山绕下,
如稚嫩的甜泉塞入悲苦的大河。

在哪里生病,就把命留在那里,
你要在病体上,驻扎八十万年。

2014.04.22 磁器口

从武夷到厦门

高速路像一把刀,划开父亲和母亲,
母亲住在地下,父亲住在楼顶。

细小的村庄每天丧失着尊严,
像伯父砍光山顶所有的大树。

像一批刚刚摘下的桔子,冒着汗,
他们如果不廉价,就没有人购买。

没有人能比得上飞奔的钢铁,
没有人能比得上沸腾的酒精。

我的粮食都在你的仓库里霉烂,
我的风雨都在你的街巷里冻结。

过去那些矮小而结实的自信,
如今都在残破,高高的砖墙倒塌。

你尽情划走想要的山川和草木,
在贫困的夜晚,在丢弃一切之地。

2014.07.03

村头纪事

父亲到集市上,去赌博,
像是巡查开荒出来的菜地。

母亲穿上她的花布,也去赶集,
和母亲,和姐妹,吃骨汤小馄饨。

他们每过完一天,都把过往储蓄,
然后传送给五兄弟,三姐妹。

我们也要把继承的时间存储,
留给未来的儿子。就像表哥,

把他的猪圈和卖猪肉的案板,
留给他的女婿。我的堂妹们,

喜欢到县城里去,嫁给那些砍树的
流氓,坐在红通通的摩托车上。

他们砍光了森林也掏干了泉水,
生更多的儿子,到福州上大学。

2014.03.16

村尾纪事

伯父蹲在地上抽烟,要购买村长,
买上的村长已办酒,给每人发两盒。

烟雾熏黑他家房梁,熏黑面孔,
父亲让我找他吃饭,倒酒相劝。

伯父当过二十年村长,抽四十年烟,
他从部队回家,就是好苗子。

好坏都烧光了,像后山上的杂木,
村民不需要村长,只要拍卖。

三十万元可当一年,五十万
可当三年。父亲看着小存折,

决心继续当农民。伯父看着小存折,
决心离开村庄,到惠州看孙子。

伯父儿子我的堂弟,在惠州当保安,
伯父给他买了大房子,娶上小媳妇。

2014.03.20

村中纪事

长脸婆,昨天办喜酒,
四女儿玉梅结婚,嫁到官埠头。

村里人分出另一半,到伍朝胜家
吃豆腐;他奶奶过了,定坟樟树边。

鞭炮声一直在响,如山神在开会,
红马桶从东头进,红棺材从西头出。

吴婆婆躺在天井晒太阳,念着经,
她有点记不清今天是什么农历。

四壁如此清净,没有狗,没有鸡,
桌上只有香火,锅底只有冷灰。

死亡来得太快,婚礼来得太快,
生育安宁的人总能得到安宁。

父亲喷着酒气,推开虚掩的门,
扛起锄头,系好柴刀,去给橘树施肥。

2014.03.21

村庄一级烧火师

婚讯在一年前就已经布下,
喜事在地里长出更多的喜事。

这一天不能有病痛也不能有悲伤,
亲友们不能穿得不像人样。

正经可体现在白衬衫,也体现在西装裤,
更体现在红拖鞋上有没有粘上黄泥。

这一天人们都改变了自己,
种桔子的当起了大厨,泥水匠帮助记账,

稍有本事的人都分配了职位,
有的人理酒,有的人洗碗筷。

一闲下来就开桌赌博。但只要有活儿,
都会有人干。比如杀鲍鱼,比如剥大蒜,

比如扫地也比如烧火。这是人人都会的技术,
你走过灶边,能调整的只是一两根。

2014.10.01

放毒血

他们说我脸上有只蝎子,美貌将废,
医生建议划开脸蛋,放掉毒血。

他们说我胳膊上有只蜈蚣,才华将废,
医生建议切掉胳膊,放掉毒血。

他们说我胸膛里有条毒蛇,青春将废,
医生建议豁开肺腑,放掉毒血。

他们还说我头脑里有根锈铁丝,肿瘤将至,
医生建议削掉右脑,放掉毒血。

有毒的是那些毒而又毒的口舌,
有毒的是那些毒而又毒的猜忌。

有毒的是我体内默默奔腾的河流,
你是想切掉我的火箭,还是切掉悬崖?

有毒的其实是那些飞舞的毒蜂,
他们替换你的花朵,让你倍生甜蜜。

2014.06.24

钢铁侠

午饭时分，男人带着大火，
流出炼铁厂。暗红色的外套，

分明是矿渣。整个小城都在生锈，
得了耳聋症，听不到雨水的播音。

春天正将这生机勃勃的废墟掐紧，
每片破碎的土地，都有迷彩服在闪烁。

它灼伤你心里最后的仁慈，
掏空你储蓄四十年的力气。

在这里，所有的河流都被烟囱顶到天底，
在这里，所有的水都被推土机埋入地下。

在这里，向南眺望，是一场厮杀，
在这里，向北眺望，是一团毒雾。

就在太阳和尘土中流淌，
坚硬而残酷，柔软而多情。

2014.04.05 邢台和邯郸

古战场

到底需要多么大的谦卑,
才能匍匐在雪山和岩石的脚下,

亲吻那些肮脏而绝望的尘土,
并让尘土再一次遮掩我们的贫困。

到底需要多么大的谦卑,才能
让闪电之刀,重重地划开水面,

逼迫那些歇止的鸥鹭,
又一次平复焦灼而惊恐的心。

到底需要多么大的谦卑,
让我们摔回自闭的陷阱,

涂抹蛛丝勤劳的身体,
让浑浊之体散发微小的香味。

习惯了书写,忘记了阅读,
习惯了诉说,忘记了倾听。

2014.08.31

海英草

当红色铺满湿润的大地,
潮水退到结尾,绷紧如巨弓。

而当黑色铺满深邃的眼睛,
钢铁变得松软,任你蹂躏。

我们不是敌人,却经常交战,
何妨放下武器,用恶毒的语言下酒。

当雪山铺满黑岩石的心脏,
你所在之处就是寺庙,都可祈祷。

那些白上的白,分明是敏感的羊绒,
它们缓慢移动,招募着风雨。

在所有污浊之处我都能找到圣洁,
所以何妨射出最阴损的心箭。

我早已习惯把这破碎的头颅点燃,
今天却要将它熄灭,让它回冷。

2014.05.05 连云港

花草茶

父亲起得比母亲早,他摇醒了村庄,
黑雾中有两座山要翻,有三条河要过。

他带我们急急地去山上挖草药,
去挖怪味的树根,拔有毒的青草。

傍晚的母亲,带我们去田埂边漫步,
在草坡上,在水沟边,在木槿树下。

我们在找那些能吃的花能嚼的草,
我们在找那些能祛热的叶片能除湿的花瓣。

它们会被晒干,带着与生俱来的泥土,
会被堆放在一起,仿佛生来就该作伴。

然后它们会被洗净会被煮熟,
在集市上一大碗一大碗出卖。

围拢过来的是喝醉的人秃顶的人,
是砍柴时中邪的人,走路被蛇咬的人。

2014.01.05

黄河烟雨

我说整个城市都在流淌和闪烁,
它们在发烧,驱动这些水和黄泥。

那些木头水车也仍旧在卖力,
停止转动,游戏就将终结。

已经没有力气陪你逐一登顶,
这河边的帆布椅,适合放弃。

这尘土中的三泡台也适合放弃,
隔着浓密的柳树,家燕在练习捕捉。

传送带上的河水也跟着练习捕捉,
它们的刀刃柔软如网,令人迷醉。

所以我下了最大胆的决心,
要把这些山河全都原样赠送。

你所看到的一切都是你的,
只要你带得走,你就会留得下。

2014.08.08

畸形鱼

淡马糊,咸马糊,酸樱桃;
苋菜汤,粉鸡汤,红草莓。

骑着飞马赶来,坐着火箭追来,
大地上最好的出产,通通送来。

世上所有的最好都要送给你,
只为搏得你轻轻的一笑。

最好的麦地送给你,最好的种子送给你,
最好的尘土和浓烟则留给我们自己。

最好的女人送给你,她们在
厨房做饭,在酒桌边布菜。

最好的男人也通通送给你,
司机用来开车,警察用来导航。

最好的孩子献给你。污水和粪便汇聚处,
狗尾草疯长,金叶女贞疯狂开放。

2014.05.09 安徽阜阳

亮马河源头

三月来自冒热气的大地，吸引
昆虫和雨水回到水稻田，回到甘蔗田。

四月是捕捉的季节，冰封的杜鹃花
展开罗网，像女人那样捕捉男人。

五月来自哪里，需要你去分辨，
你触碰到的，全都会开裂。

所有秘密都会在八月破碎；像无害的人，
走到火车站，撬开那些蒙着的面孔。

九月的人们来自地底，带着弯刀
一样成熟的笑容；他们的巢穴

藏在宽广无边的十月里。人们除了
吃肉过节，就是悼念刚刚逝去的父母。

十二月才是大地最丰满的裸露，
接生的忙着接生，遗弃的忙着遗弃。

2014.03.03

龙虎山

在这里,火被压成了石头,
把愤怒烧成一座丹霞山。

在这里,水被压成了木船,
给村民运来勉强活下去的柴米。

在这里,空气被压成悬挂的棺材,
谁的家族有势力,谁就死在崖缝里。

每一次的相遇都是这样的悬殊,
你总是在绝壁之上,引我仰望。

每一次的穿越都得走过市场,
人们叫卖的都是不需要的生活。

但火和水都曾在这里缠斗,
但虎和龙都曾显灵在这云间。

我是你胸前起伏的那一粒闪电,
请将它握住,然后将它熄灭。

2014.04.11　江西永修

魔村纪事一

奶奶让我请姥姥来住几天,
她们要一起练练经。

姥姥不生病似乎就活不下去,
即使躺在床上,她也念念有词。

能听到的当然只有她们自己,
以及供桌上的那些神灵。

伯母其实也在生病,但她有些迟疑,
没到四十五岁,女人不能皈依。

她更喜欢在米缸里摁上手印,
她相信有人会偷她家的米。

她也喜欢和我妈妈在门口聊天,
各自回到家里,神情有些怪异。

弟弟和堂弟几乎不一起玩耍,
他们总是打架,眼神都很凶残。

2014.03.22

母亲与剩饭

孩子们在泥地上玩耍,最后的泥地;
母亲在屋里吃剩饭,她把一切冰冻。

西红柿在冰柜里面腐烂,
母亲也在冰箱里面腐烂。

新买的西瓜在冰箱里面发馊,
母亲也在冰箱里面发馊。

都是些过了火热的人们,
她们锁在厨房里,锁在小床上。

都是些离开土地和雨水的人们,
食物无法带来足够的温情。

母亲把一切都冻结在冷柜里,
再把冰柜锁在地下室。

她们藏起了所有的仇恨,
就像藏起所有新买的悲伤。

2014.07.25

千湖山

每一座湖泊决堤,都有新湖泊淤积,
每一次推倒自己,都迎来新的起立。

你的头顶有一千座湖泊,
就像你的头发有一万种绿色。

那可是五月,冷箭竹在缓慢地收紧,
大树杜鹃在半山腰撑开所有的秘密;

红色喜欢闪耀,而黄色喜欢沉思,
会爬山的都是那鲜艳的蓝色。

在那里我见过从未见识的鸟,
在那里我吹到了再未遭遇的风。

在那里我看到黑牦牛手牵着手,
在那里岩石流淌着黑色的忠贞。

在那里我埋下了对你所有的思念,
他们在昨天爆炸,在今天还魂。

2014.05.04

武夷山

这里的风云像木槿花开放在铁锅里,
这里的雨露像红睛鱼夹在竹筷中。

这里的蚊虫像石蛙那样弹琴,
这里的瓜果只为四季贵而解禁。

这里的茶叶像一本书印在机票下,
这里的猫爪菇在特产店,长出灵魂。

这里的美景在我眼中早已是废墟,
这里的溪水如今只剩下玻璃一片。

这里的时间全都关押在山洞里,
你在悬崖之上放逐,脚底踩着神灵。

这里的寺庙如今都在城市里修行,
这里的毒蛇,只在毒水里浸泡。

这里一切的传说都为你闪耀,
你是一切的起源,又将终结一切。

2014.06.29　武夷山

野草莓

童年那针扎般的记忆,
从山脚一直疼痛到山顶。

转回身仍旧是皮带般的它们,
能走多远,它们就尾随多远。

但因为你,我的神灵不再孤单,
请来的山神装载了肉身的沉重。

还要请来风神,让他们酿造乌云和雨水;
请来树神,让他们为百鸟筑巢;

请来杂草之神,让他们编织柔软的大地,
请来阳光之神,让他们照亮阴暗者的萎缩。

而我们的蛇蛙之神,瘫痪在溪涧里,
天地干涸,乱石患上饥饿症。

听任我的蚊虫之神,在空中飞舞,
缠在你身边,诉说内心的隐秘。

2014.05.23 北仑林场

野豆子

母亲在天井边,拆纸箱,
像是村前收废品的河南人。

母亲在厨房里择香葱,
就像圩集上卖青菜的人。

母亲在厨房里熬稀饭,
她端上来咸菜,端上来米饭。

父亲低头吃完他该吃的一切,
然后挑上簸箕出去赌博。

他赢得不多也输得很少,
全村公认他是有计谋的男人。

母亲白天在堂屋里画国画,
晚上像鬼一样到后山上吹笛子。

她不想让人知道她真正的心思。
就像父亲带着他的青蛙,带着他的牛。

2014.04.12

野荔枝

钢铁切开另一根钢铁,火车
摩擦出柔软的电弧,加热每名乘客。

你是从雪山来的乘客,冰凉的身体
曾切开另一座身体。森林从此密布凉爽,

自由的木头,切开另一格木头,架起
高高的幻觉。这是神的住宅,也是鬼的落脚点。

只是鬼神们不互相切开,住在荔枝树上。
荔枝卑微而矮小,硕大的乳房任人揉捏。

路角那高高的小圆球,切开未发育的记忆,
想起这村庄过去是火山,这驯化的土地

原是倔强的石块。想起这里的青蛙和蜜蜂,
喜欢黄花梨,喜欢芒果螺,喜欢凤凰树。

想起这里的风,试图切开我们交织的藤蔓,
让相逢毫无狂喜,让离别毫无痛惜。

2014.06.02 上海

夜巡洞庭
——为何大明而作

新来的水撑起过去的水,
每次翻滚都带来新的生机。

古老的燕鸥依靠渔船觅食,
它们是会飞翔的水,从不离弃。

万能网像大刀,划开未来的湖底,
风网似乎能把风都逮捕。

罪恶也许是上好的迷魂阵,
一些水会引导别的水流行。

再黑的夜晚麻雀都要找到回家的路,
引领它们的定是那水底的神灵。

整整一生都在摇晃中摇晃,
放弃也得不到片刻的安宁。

你的神灵已走远,上岸定居,
你要留下,芦苇生长着荒凉。

2014.08.20

英国苦菊

这街道来自哪里,
这楼宇去向何方。

谁费力种植它们,
谁在将它们斩断。

这海水淹没何处,
这天空之钟朝何方旋转。

谁让它心潮起伏,
谁又将血水吸尽。

行人们有如此安详的外表,
好像灾难从未弄脏脸颊。

好像灾难从未弄脏佛堂,
从未弄脏宫殿的座椅。

你要藏身在精致的花盘里,
而我要回到粗鄙的甲骨中。

2014.03.12

英国玫瑰

箭靶被一次又一次穿透,
虽然乱箭从未到达。

我很不愿意写下这个词:鲜血;
因为它代表神秘或者残酷。

像灰松鼠一样遥不可知,不能知;
像蓝山雀一样在你前额游动。

我们的青春就像那水里的滚钩,
划痛着冉冉上升的鸦群。

我们的花瓣就像那凝结的黑雾,
吸取越多,身体越加红热。

鹅卵石在脚边沉睡,除了它们,
谁也不愿意衔接昏黄的海水。

而我的帐篷就在路边悄然支起,
储蓄每一次平静后的暴乱。

2014.03.15

英国甜橙

在这里你吃不到福建山地的桔子,
但你随时能吃到英国甜橙。

它们来自新西兰或者印度,
来自西伯利亚或者南极洲。

也可能来自火星或者众神之外,
就像牛奶来自母牛抑郁的乳房。

实际上我们都不知道自身来自哪里,
楼宇精雕细琢,像未经炮火;

红色双层公交安静得像只天鹅,
人们似乎从不尖叫,从不慌张。

享用财富的试图让财富更美,
早起的人们努力喜欢肮脏的世界。

甜橙在蹦跳,外表鲜亮,汁液饱满,
老家的桔花正释放,粗野的清香。

2014.03.11

岳麓淋雨

十年前发臭的河流十年后依旧发臭,
河岸上的千年学府,琉璃闪烁。

又一批小精灵顺着珠绳滑落人间,
在砖瓦上跳跃,搜索舞蹈和音乐。

在心怀恶意的人面前,轻灵地哼唱,
让互相隔阂的人,紧紧相依。

三年前紧绷的身体如今依旧紧绷,
食物无法帮你取暖,普通的火也不能。

或者长沙已经把我击倒,摔入告别的年纪
从此不再是农民,眼里没有泥土与泉水。

也不再是木工,归还了鲁班的手艺,
更不是泥瓦匠,无法砌成自家的院墙。

这合奏是最好的火滴,它们在燃烧,
让我们销毁那些疏远,重新紧密。

2014.07.20

坐在北京西站晒太阳

即使在人民广场也会迷路,
迷路的神仙坐在地上打牌。

我穿越玉米而来,穿越稻草而来,
你穿越棉花还是土豆,青草还是黄沙?

我穿越的树林百鸟无声,
你俯身在寺庙捡起哪根杂草?

我的钟声在心内默默地敲响,
羡慕你,把所有野蛮晒在脸上。

多少风一起在这里,纺织混乱,
你找不到出站,我找不到进站。

这高大的楼宇分明是阴暗的地宫,
踩过的每一块砖,都可能埋在这里。

但是残废的阳光还是给我们热气,
且拥挤着坐下来,等待一切作罢。

2014.09.27

2015 小诗

白石炮台

大海在鱼群化为沙滩
泥滩在岸边转化为木麻黄

这一破裂就是一次千年的转化
白云化为闪电,闪电化为掌上的沟纹

所有爱飞翔的人啊,可以转化为鸟
潜鸟在落叶时,转化为寺前的雕塑

可真正的雕塑是那晃动的火山
树木在石上跳跃,精灵在风下流淌

所以你可以转化为眼前的积雪
此时死亡愿意接受,干枯的河床

2015.11.23

城市烙铁

地狱升起的炭火，温暖如触电，
你在天堂，天堂之上还有的天堂。

雨水中潜伏着更嫩的雨水，
苦味掩盖着更辣的苦味。

你挖掘的是花朵里最美的香甜，
你砍伐的是森林里最老的矿藏。

你试图扭断的是大山最奔腾的血管，
你下的毒素都在众神的土地里发酵。

你摧毁的是一个万年村庄的意志，
你卷走一个人，就葬送一条河流。

你的香水扰乱了他的神经，
你的声音席卷了她的神庙。

在这浓密的小溪边轻轻地抬头，
我们摁动的是，雪崩的电钮。

2015.09.22

分水关

山和海,在这里分离又抱紧,
云雾追踪而至,如密探藏身。

杉树做着最神秘的冥想,千年又千年;
大雨喧闹着包围了寺庙,农田依旧。

放鞭炮的人像子弹打入教堂,
又像一张张画卷随风跳起。

当整个世界都因清洗而湿润,
台风用什么来保证它正确的羽毛,

蚂蚁用什么来修缮它崩溃的思想,
蜜蜂又用什么来提炼蜂蜜的幻觉。

是我冒充了你啊,这万年的雕塑,
是你让睡眠凝固,又让石头化土。

是我冒充了你啊,这四十年的一字一句,
请到火山上裂开,浇铸远古的岩画。

2015.12.24 闽浙交界

风雪夜归人

烧鸡和烧酒带不来火的温暖,
这踉跄奔来的旧房子只让人心酸。
我的江山在你的身体里败坏,
它们如水泥如面粉如豆瓣酱。

昏沉的睡眠无法带来温暖,
满车的柔情蜜意也是枉然。
我一路前行,一路瘫痪,
如倒木期待腐朽,如夏蝉期待薄雾。

而到来的都是酸雨和火药,
是冰冷之外的冰冷,是呜咽的虫鸣。
是退出战线的老兵拄着双拐,
是吹破的笛音为夜空吞食。

这里已经没有风雪也没有黑夜,
甚至没有人像我这样缓缓归还。
我们搅乱着天地搅乱着日月,
你有多少坚实,就有多有易碎。

2015.01.27

黑白疏影

停止冥想,湖面上升到云层,
或者随草籽散落于山巅之巅。

这样,大地拧紧了各部位的螺丝,
摆动均匀,枯枝在泥底沉醉。

这样你的小山头就又一次削扁,
平地奔赴为峡谷,青草发酵为大树。

隆起吧,灵魂,在这瞎眼的黑夜,
在这容易丢失贞操的平安大街。

鸟雀借羽毛溢出,村庄缓缓滑离轨道,
强壮的男人从古宅里剥离自己,
裸身游行于尖刀和悬崖之间。

他会遭遇街边洗衣做饭的女人吗?
他会像水稻田里的父亲剔除了嫉妒?

好吧,凝固的狂野从今天起走向风化,
而风化的血液在蠕动,柔软地抬升。

2015.01.07

虹关古樟

河流带出小卖店,沙洲围起静塘;
清水拉扯着热闹,千年又千年。

你比村里最老的老人还老,比最长的长人还长。
比最大的堂院还大,比最粗壮的大师还粗。

割猪草的妇女经过,山头的松树下埋着丈夫,
远方的都城埋着子女。烧杂草的烟味,比枣花还香。

刻木雕的人来了,砍下新鲜的杉木,
把它们和千年旧木料,牢牢地连结在一起。

修族谱的人也来了,他们挖到二十世以前,
扶起死去的名字,雕琢他们的名望。

捕捉风景的人也来了,住在写生别墅,
舔着烤红薯,呆对着大地的烟雾。

观鸟兽的人也来了,追逐燕子之外的燕子,
遗落身后一大片稻田,等候成熟。

所有的繁华都在这个时代衰败,
所有的衰败都在这里繁花似锦。

谈论生死的人来了,他们坐在小学边占卜,
谦卑地祝福每个人出入平安。

修补古宅的人也来了,三百年的老房子,
倒塌在子孙怀里。如此富裕,如此多情。

2015.09.03　江西婺源

坏世界

父亲带孩子贩卖毒品,
母亲带女儿销售假货。

这不是恶之花,而是花之恶,
这不是真诚的真诚,而是虚伪的虚伪。

我们不是坏人,却做着最坏的事,
或者任由邪恶在眼前一次次发生。

请给我愤怒的最佳时间,请给我
一次点燃油桶的理由,请让我爆炸。

请让我一次就把这三重大山拎走,
请帮我找出,你身体里的毒物。

当我在大街上摧毁一个新肉体,
当我在土地上摧毁一批新灵魂。

当你在微笑中完成一次罪恶的超度,
当你远离家乡,让亲人无所适从。

2015.05.22

精神病院的鸡蛋花

姑娘们还没有长成,
身体瘦弱,手脚冰冷如石头。

小伙子也没有长成,皮肤白皙,
酒量粗暴,眼镜里雾霾丛生。

可正是他们,撒遍这凶残的街道,
先杀掉自己,再杀掉其他的鸟兽。

只有这半山的树木即将长成,
果实紧贴树干,花朵远离烟尘。

五百年前渔民和独木舟来到这里,
五百年后这里只住着逝者和神仙。

或者这漫山的青草也算长成,
如易碎的蜗牛,在车轮边缓慢蠕动。

所以,闪电一样飘忽的香客啊,
请朝拜这半夜降临的风暴。

谁能让海市蜃楼如此走样,
谁就能恢复它高高在上的幻觉。

像海水用力撞碎其他的海水,
你把巨弓拉开,软禁着灯火辉煌。

2015.6.24

断点续传 / 2015小诗

开酒器

我喜爱橙子鲜亮的香味,是的,
它们在夜晚,在小桌子上闪闪发光。

我更喜欢像一瓶酒被随手撬开,
这是世界的下水道,是日常的经书。

你走在河边却未必打动这河道,
鹅卵石湿冷、生疼而没礼貌。

像是那些七八岁的孩子,你牵着他,
却未必打开他的前途。你试图喂饱他,

但他总是喊饿。就像那些在脏水里洗衣的
女人,到大楼下闲逛,你试图用

语言和微笑,烦恼和愤怒与她们
枝叶缠绕。但是你又怎么可能,

轻易开启这千年冰封的古早之酒?
你试着打开那些林间的野兽,打开

泉水干涸之处石头沉默的尊严，打开
薄土掩盖下大山的肩胛骨。打开徘徊在

天堂外的鸬鹚和海鸥。它们在泛着泡沫
的沼泽地上结群，像长着一万只利爪的

时钟，一边蹭着墙根行走，一边
咆哮着，让每一个享用者安分守己。

2015.01.20

空行20

雨水是变频器。轨道外晃动的
绿林,分明都是诵经的叛徒。

阳光也肆意窜改它的想法,
私家长城,时而阴冷时而金黄。

盛夏的鸣蝉试图重奏丢失的乐曲,
有多少习作将被传唱两千年?

午夜是谈笑时刻,且让坏脾气远离,
尽管旅途劳累,晨起后出路迷茫。

贪吃的依旧贪吃,好学的依旧
好学,美貌的人依旧美貌。

散落一地就是最好的欢聚,
如甲虫在公路上迟疑地疾驰。

我们都被群氓牢牢地捏紧,松
手吧,任海水弥漫高原和山地。

为大学毕业二十年聚会而作 2015.08.08

空行母

我是青春你就是那青草,
我住在草的旁边,等昆虫出壳。

我是烈酒你就是那酿酒人,
在你高温的炉膛里,熊熊燃烧。

酒精盛开之时,你是山脚下的寺庙,
每一次祈祷都烧红我的神经。

寺庙边的森林里清泉在欢唱,
跪倒在地,只为倾听一次鸟鸣。

这异端的大雪,降落在失魂落魄之处,
你怀抱着我的融化,等候开裂的春天。

有时候你会从村头奔流而来,
如破碎的河岸,拼命挽留鱼群。

我尝试引爆你的惊天巨响,
在灾难来临之后,喜悦到达之前。

2015.03.04

浪木志

这大风之上必然还有大风,就像
寺庙之上还有寺庙,土壤之下有

更深的神灵。它们的汗水是地下暗流,
而它们的骨骼却是山顶易脆的苍松。

该需要多么大的冷啊,当你像个贤慧的女子,
在厨房里一遍遍烧煮羊肉,双手在衣襟上不停地擦拭,
然后,倒出的是一壶又一壶的热酒,
整理出的是一个又一个干净的清晨。

该有多么的燥热啊,当我们挪到山顶
迎接那千年不化的暴雪,脚底踩着去秋的枯叶。
就在这些伟大而随意的自然之物身上,我们
一次又一次感觉到千万丝白云将彼此联通,
一次又一次从绝望中跌出,挤向下一次绝望。

是真正的自然力才让我们沉浮和暴晒,
让我们崩裂又将我们冻紧,让热力之鞭

抽走狡诈的脂肪，让厚冰之刃刮走
最痛苦的舒适。

让空气如巨山将我们一遍遍压实，
而清脆的大山雀，将我们从昏庸中挖起。

大风频繁地吹走这城市的腐烂，却吹不走
腐烂的躯体。我的河流已干涸，
我的河岸仍旧躺在原地。

2015.1.22

落花小径

原野如何醒来,无人知晓。
它独享杂木林并守护秘密。

柱础下的神龟在醒来,
和石狮子的心一起躁动。

柑桔撕开美丽的红外表,
伤口流不出鲜血。
热血披挂在你身上。

晨阳击碎了槐花的鲜黄,
它们是求仙者的食物,
在飞翔中摔落。

蟾蜍的每一步啊,
都踩踏着蚂蚁,
它们比益母草更疼痛,
比太湖石更惊心。

漫山的榉树叶在弹琴，

它们如黑卷尾一般冲向星空，

又如粗雨滴一般扎入烂泥潭。

它们欢唱却毫无声息，

吵闹的蜻蜓们在酣睡。

苇塘何时醒来，无人知晓。

2015.10.29

陪小熊猫看星星

我们躲进黑屋子,高达一万层,
乌龟壳摞在床边,边跑边发亮。

火红的黄金压垮积雪的大地,
走过去吧,抱抱那些枯败的臂膀。

总得有大力神把满仓粮食据为己有,
总得有黑风怪把整座宫殿塞满宠物。

总得有大把钞票扔到水里漂流,
总得有杀人狂发动争斗,
让老实的教士,蓄满杀机。
总得有些男人,带着成功者的不安,
引爆一枚又一枚炸药,
给女人端来和平。

总得有些冥顽的碎石,
在此刻心碎,
化为柔媚的灰尘,
成为爱的使者,

让穷人知道珍惜，
让坏人知道打扮。
让牢狱里的虎狼，
畏惧脚底万千蚁穴的奔涌。

当泉水如火山喷发，
流出疼痛的对话，
我们都猜测，
这是祖先送出的，
最后的荒凉。

2015.10.21

漂流木

太平洋用整个身体帮你洗涮
所以你的脉搏能震动天山

你是信天翁的结拜兄弟
他们叼起你,鱼群塞进地狱

你也是狂风暴雨最好的伴侣
他们匆匆掠过,赶往下一个星球

你远离原乡却又安居现地
谁托起你,谁就让你沦陷

你的皮毛就是你的骨骼
包围你的柔情,正在将你淘空

你终日在艺廊和柴灶间徘徊
身体越轻快,灵魂越飘忽

你就是身边的海盐和海沙
又比他们更加梦幻,更为诱人

2015.12.01 台湾花莲

气冲病灶

深埋的,终将被挖掘,如考古;
而新的火车正驶入新的地狱。

失去知觉的火,终将发炎而切除,
而欢欣如毒素,在云端如雨神沉积。

多少人在这里绊倒,坠入浮雪下的冰隙,
多少人在山顶找不到下山的路。

一个浅浅的海浪就足以把你拍醒,
岸边细沙绵延,远处蓝光闪闪。

如女神的歌声在空谷中久久复制,
又如废墟上的烈风,吹走陈年的荒草。

明天如何锤打这废旧的身体,如铁匠;
又如何将这病痛结晶成宝石。

金色的光球在降落处将你笼罩,
又将你吸入胎盘,宇宙的旋涡。

2015.12.26 浙闽边境

青海沙蜥

站队站队站队,水龟驮着陆龟,
竹叶青咬着黄金蟒。玻璃柜子里,
再伟大的生命,都习惯任人垂怜。

似乎活着的,一转眼就成标本。
成块的地球,在这里重新揉捏。非洲
沾连着北极,山东旁边是新疆;
老虎蹲在狮子边,鳄鱼朝着黑熊笑。

匆匆而过的画片,谁更显眼,
谁最容易为劳动人民牢记。

出来散心的人们啊,装满一大包的
迷茫,然后坐在水泥台上,吃掉

每一寸阳光。动物园前的地铁,
分明是人间与地狱的交汇。

母亲用来做饭,父亲用来开车,
他们像大楼一样,习惯于被人仰望。

越是阴暗,越看到你潜伏的繁殖。在腾格里,
在青海湖,青草神与牛羊神,年年结拜。

2015.6.13

神农太阳花

母亲是丧失尊严的人,
她在里屋忙碌地扫地,
然后在外屋忙碌地扫地,
然后在屋外忙碌地扫地。
她就是那把条帚,
就是那永不整洁的家庭。

母亲是丧失快乐的人,
她推着婴儿车在公园里打转转,
婴儿车里躺着女儿,
躺着外甥,躺着曾孙。
她在屋子里转啊转啊,
她看到的星星全是流星,
她看到的花朵全都在枯萎。

母亲是丧失了力气的人,
她拿起轻飘的毛笔,在纸上
画出一座仙境;她拿出所有的积蓄,

全都捐赠给了神灵。她捐啊捐啊,
在寺庙里找到的全是假像,
在菜市场,买到的雨水已过期。

母亲是散发着臭味的人,
她每天与污浊为伍,搅拌着它们,
清洗着它们,冲荡着它们;
她相信,每驱逐一次死神,
就留下一团难闻的味道。然后,
她让子女们通通走开,
让走调的笛声,透出墙外。

2015.07.18

时代最强音

多少人丧身在归乡的路上,
多少人踩着父母伤心的尸体。

这里每一个人都在嚎叫,
白天冲着白太阳,晚上冲着冥王星。

这里每一个人都在打赌,
结婚前和天地,结婚后和神灵。

这里每一个人都在歌唱,
唱着别人教会的颂诗。

这里每一个人都在焚烧身体,
烤干这条河流,就猎捕下一条。

这里每一个人都在种树,
树下埋着他们未来的住宅。

这里每一个人都百病缠身,
他们在宫殿里残杀,煞气挤满大街。

2015.03.08

天南星

母亲在饭桌上吃咸菜,
咸菜里藏着原子弹和黄金。

父亲在山顶上保护烈士纪念碑,
一脚踩住大风,一脚踩住妄想。

他们也在云层上眺望青春,
烟花远远地升起,远远地幻灭。

只有飘浮在头顶的鸟群,
如村里那盏未熄灭的灯。

村庄只是一粒小小的芝麻,
在浓黑的夜色里打滚。

但愿你是个爱说胡话的人,
每天都有酒醉的力量。

群山醉倒在林地的大火里,
被剃光脑袋,像太阳发生了塌方。

而我满身的枝条等待你的修剪,
你是千里之外的那张月亮。

2015.03.06

为什么会有这样的夜晚

大风吹起的时候,我去和妓女聊天,
她们说这个夜晚才是丰收的夜晚。

大风吹起的时候,我和卖西瓜的讨价,
他们说,这个夜晚,正是涨价的时光。

大风吹起的时候,烤土豆的依旧在烤土豆,
他们在这路口生长,像一棵戴警徽的树。

大风熄灭的时候,夜晚随之消失,
它们在我身体上哀求,而我

给不了你白天也给不了你黑夜。
大风吹起它摧毁爱情的号角,

而你却是在这样的时候,逆风而出。
大风吹落标语又让麻辣烫叛逆,

你消耗了所有的善良,
然后,让一切美好,滑向未知。

2015.05.05.

五月十五日,前门

柔和的雨水打得你生疼,
腰疼,眼疼。疼痛在大风弥散。

疼痛早已在大地里集结,
如今它一无所有,只有疼痛。

所有的叶子都来自同一棵树,
所有的,歌曲,都来自同一只柳莺。

且放弃粘结的砖瓦,且收拾呼吸,
且迷恋你身体之外的身体。

且掏空这大山般的哀怨,
泉眼不再流水,江河不再奔腾。

善良的兵士啊,你前行的每一步,
都是自我的一次放逐。

这平滑的,这坚硬的,这粗暴的,
却都是你的大道,你的蝴蝶。

2015.05.15

夏至草

满城的秘密早已是废墟一坨,
满目的青山也不再是青山。

药渣般的晚霞,偶尔冒着热气,
石板间的夹缝,动荡,却是故乡。

三层,或者七层,每一层都有风雨注满,
那疯狂的生长,先辈们踩在脚下。

吃太阳吃大风吃邻居的人们啊,
可曾照着镜子,想象阵亡之时。

放着火开着枪施放着毒药的战士,
干掉了对手,何尝不是干掉伙伴。

用最短的春天完成生命的荣枯,
却没想到岁月啊岁月,如此的漫长。

当我像丁香一样照耀你的剧场,
唇形科的宿命,修行着荒凉。

2015.04.16

小命雀

江山正干涸,河流的眼睛如烈火,
补天的铁匠挑担去远方。

铁匠最勇敢,也最懦弱,
他比篾匠柔和,爱讲笑话。

馒头师傅去的地方是西伯利亚,
那里的枪正在杀人,大雪只埋死兽。
而酱油专家,
刚刚登上垃圾岛,那里的鱼正被网紧,
然后,海水奔腾起黑色的雾。

在这小溪边,寻找湿润的感情吧,
在那寺庙废弃时,寻找显灵的佛像。

蝴蝶翅膀的开合之间,天地被扇动,
或者只是锅炉在冒汽,粉尘在翻涌。

老虎埋藏起来的食物，老鼠将其挖出，
你有十年被底座牢牢拴死，

剩下的八十年会长出蛛网般的根须。
腿脚在掉队，腰肢仍旧在幻想。

2015.02.28

续断菊

八月的烙铁四月烧成灰烬，
四月有红月亮，八月太阳漆黑。

四月的神山上经幡飘扬如雨水，
狼毒花坐在经幡下，守护玛尼堆。

顺大江流至的是那源头的圣水，
收纳的污浊越多，越庞大无边。

溯大江而上的是那深海的巨鲸，
它们翻跃大坝，如小鸟摇动尾羽。

四月似乎总是如此暴烈，如此荒凉，
所有的灾难都会在四月的白天喷发。

亲人啊，你们总是用伤害来表达关心，
于是大地上湖水干涸，树木自焚如火。

八月预知了风暴却不知风暴的含义，
我只愿四月连接着更多的四月。

像在火星之上行走，在星际穿越，
习惯危险的人盼望更大的风险降临。

2015.04.05

幽灵机票

在你身上我找到柞树的血,
也找到蘑菇的血。

他们是骨头的血,
他们是血的血。

他们也是东北季风的血,
深夜,白云的血在凝固。

金钱豹捕捉的是星空的血啊,
也是太阳尸体上的血。

而圣女和圣男的血,在荒山上流淌,
流过寺庙前泥泞的河滩。

纸飞机的血从冰面上划过,世界从此有了裂缝。
坦克的鲜血啊,每一粒结着和平的腥味。

看哪,只有战士的血是殷红的,
他们汇入大海,海底火山的血。

2015.12.18

镇墓兽

卑躬屈膝也无法得到什么,
还不如像枯树干那样硬起。

每天都有人在精明地打扫,
而大街从未更加干净。

是平庸的雨水还是跌落人间的神光,
你都不必分出轻重缓急。
今天是蝴蝶,明天就是蟑螂。

村庄啊,这可是冻掉鼻子的冬天,
请你用颓废的炊烟弥漫麦地。
请你走进击败花朵的雨夜,
雨夜的马铃声鞭打着森林。
森林是我的森林,森林在悲愤地死去,
它们不自杀,却装有活不下去的马达。

红光满面的墓地在疯狂地分蘖,
墓碑和它的兄弟,占领草原和湖泊。

但是你仍旧那么招人稀罕,
售卖文化的古玩市场上,
一只只招财猫若隐若现。

有什么可牢记,又有何可存储,
当我枕着你的噩梦醒来,
大神阴沉的面孔呼啸而至。

2015.0 1.24　紫薇山庄